Les Cendres et les Papillons

FATIMA GHOLEM

© 2023, Fatima Gholem
Édition : BoD · Books on Demand,
31 avenue Saint-Rémy, 57600 Forbach, bod@bod.fr
Impression : Libri Plureos GmbH,
Friedensallee 273, 22763 Hamburg (Allemagne)
ISBN : 978-2-3221-8994-6
Dépôt légal : juin 2023

Cette histoire est une fiction, toute ressemblance avec des personnes existantes ou ayant existé serait purement fortuite.

Chapitre 1

L'audace

Finalement le mariage, cette illusion de l'amour éternel, ce n'était vraiment pas pour moi. Pour épouser quelqu'un, il faut beaucoup de certitudes et les certitudes, je n'en ai aucune. Il faut avoir foi en cette personne, pour protéger votre famille, faire face à l'adversité et à la mort quand elle viendra frapper à votre porte. Plus j'avance dans la vie et en âge, plus j'apprends à ne plus rien prévoir ou planifier. Je vis au jour le jour, comme une funambule sur un fil, mais sans filet de sécurité, j'avance juste pour assurer mon prochain pas, sans regarder en haut ou en bas.

Si le mariage demande des certitudes, vivre en femme célibataire assumée quand on a plus de trente ans demande de l'audace, et de l'audace, j'en ai à revendre. Je vis ma vie pour réaliser tout ce qui me passe par la tête, sans hésiter. Ce sont les autres qui me disent audacieuse.

— Ce que j'aime chez toi Halima, c'est ton audace, me dit Stéphane.

— Ah oui, c'est-à-dire ?

— Oui, il faut de l'audace pour écrire des livres, créer sa société, et parler en public. Il écrasa sa cigarette dans le cendrier.

Nous étions assis nonchalamment en terrasse du café et le soleil brillait enfin sur Paris en ce mois de mai.

— Pff, de l'audace, je n'en sais rien, peut-être, un grain de folie, certainement. Je m'allumai une nouvelle cigarette.

— Et dans tout ça, tu penses à trouver quelqu'un, faire un enfant ?

— Si ça vient, pourquoi pas, mais je ne le cherche pas et je n'en souffre pas. Pour ça, il faut croire en l'avenir, en l'humanité, quel acte d'optimisme que de faire un enfant ! Et moi, tu le sais bien, je suis une horrible misanthrope, j'ai très peu de foi en la nature humaine !

— Ainsi soit-il alors! C'est dommage, tu ferais une super maman, une femme comme toi aurait tant à offrir et à transmettre à un enfant.

— Hum, je laisserai des tutos et conférences sur YouTube, ne t'inquiète pas!

Stéphane laissa échapper un léger rire de sa bouche si naturellement pincée, critique et sérieuse. Lui et moi avions vécu une histoire courte, comme son pénis, ce qui m'avait convaincue de ne pas la poursuivre. Plutôt cultivé et avenant, j'ai décidé de le garder en ami, mais je le soupçonne de rester dans les parages, prêt à ma disposition, si j'avais froid une nuit d'hiver ou si je finissais saoule après une soirée trop arrosée. Cela n'est jamais arrivé et n'arrivera pas, malgré ses messages le vendredi à minuit pour souhaiter une « douce nuit» et me dire que j'étais dans ses pensées.

Il n'avait pas de chance, je me sentais rarement seule et désœuvrée. Je l'aimais bien avec ses cheveux blonds et ses yeux bleus. À quarante-deux ans, il faisait vieux-beau. Même si sa compagnie me plaisait, je n'étais plus attirée, je n'y pouvais rien. Puis son attitude parfois me déplaisait, il n'avait jamais connu l'adversité, survécu à un événement fort, ou un drame. Il ne pourrait jamais me comprendre, il est bien trop privilégié, trop gâté par la vie. Il n'avait jamais manqué de rien, vécu de discrimination, connu la pauvreté ou la folie. Bref, il n'en avait pas pris plein la gueule et ça me gênait. Tant mieux pour lui, mais moi j'ai besoin de voir la lueur du feu sacré des gens qui ont survécu aux épreuves de la vie. Le feu sacré qui fait que l'on se lève le matin malgré tout, cette résilience qui sépare ceux qui ont décidé de rester vivre ici-bas, malgré les punaises, les fils barbelés que cette chienne de vie vous a mis sur la route pour vous faire tomber cent fois, mille fois. Le feu sacré des gens qui auraient pu abandonner, se pendre ou se mettre une balle dans la tête, mais qui sont toujours là. Elle est là l'audace! L'audace de regarder la mort en face, de la considérer très sérieusement et lui dire « Non, tu ne m'auras pas aujourd'hui. Je veux encore vivre et voir ce que réserve demain, juste par curiosité ».

Je toise la mort, je lui ris au nez.

David, mon beau David, lui avait cette lueur de vie, ce feu sacré dans les yeux. Ses beaux yeux bleus, ses yeux doux que j'ai aimés, embrassés, qui m'ont fait me sentir vivante, vibrante, amoureuse. Amoureuse à en pleurer de joie, de béatitude. Mais ça s'est arrêté net. Cette histoire n'était pas faite pour durer, c'était une étape sur mon chemin, pas la destination.

— Bon, moi je dois y aller. Stéphane interrompit le flot de mes pensées. Il se leva, sa chemise blanche légèrement trop petite pour lui, il commençait à avoir des poignées d'amour. Je le regardai avec beaucoup d'affection.

— Je reste encore un peu flâner au soleil ! Sinon quel intérêt d'être mon propre patron ?

— Quand je pense que tu fais croire à tout le monde que tu es une grande femme d'affaires trop occupée !

Il enfila son casque et enfourcha sa moto. La moto, c'était ça qui augmentait son sex-appeal parfois.

— Bonne fin de journée! Je lui envoyai mon sourire le plus narquois. Il partit en faisant de même.

Qu'allais-je faire? Voilà la grande liberté, ne pas savoir ce que j'allais faire de ma journée. De ne rien faire ou faire ce qui me plaisait. J'avais l'extrême chance d'être uniquement responsable de ma vie. Aucun enfant, mari, parents, patrons, pour exiger, demander, disposer de moi et de mon temps. Dans le Paris stressé, stressant en ce mardi après-midi, au milieu des gens qui couraient partout, j'étais riche, riche du temps, dont je disposais, que je pouvais étendre ou gâcher, comme diraient d'autres, à souhait. Quel délice! C'est très certainement de l'égoïsme, oui et alors ?

Chapitre 2

De l'inconsistance des sentiments

J'ai quitté le Triadou Haussmann où nous étions avec Stéphane. C'était l'un de mes cafés préférés pour sa terrasse ensoleillée en début d'après-midi. J'ai payé mon allongé trois euros quarante, en pestant que c'était horriblement cher. Même si je suis parisienne, je ne m'habituerai jamais à l'idée d'un café à trois euros. Il y avait un soleil radieux, alors j'ai décidé de marcher. J'ai toujours du mal en général à rester en place, je n'arrive pas à écrire ou travailler quand je reste sédentaire. Je suis une nomade, curieuse et avide d'aventures, alors me promener de longues heures me libère l'esprit, et l'inspiration vient naturellement. Les phrases, les idées arrivent dans ma tête comme une avalanche.

J'ai descendu la rue Tronchet et traversé la place de la Madeleine. En passant devant cette église dont la pollution a noirci la façade, et qui rendait les colonnes plus sombres et lugubres au fur et à mesure du temps, je me demandais pourquoi la Madeleine avait été laissée dans un tel état. Les façades des Galeries Lafayette et du Printemps, quant à elles, étaient mieux entretenues. C'était l'illustration que l'on avait remplacé un temple par un autre. La consommation était la nouvelle religion.

Je hâtais le pas en espérant ne croiser personne que je connaissais. Ayant longtemps travaillé dans la finance dans ce coin-là. C'était une autre vie, une vie qui ne me plaisait pas. J'ai pris la rue Cambon, direction les jardins des Tuileries. Cette rue me ramenait à mes amours passées, à des rendez-vous galants et des baisers intenses. Pour beaucoup, cette rue représente Gabrielle Chanel. Je pensais souvent à elle en passant devant ses ateliers et boutiques, aujourd'hui prisés par des clientes asiatiques.

Mademoiselle Chanel, son nom évoque la liberté. Elle a poursuivi sa carrière afin d'être indépendante par le travail, mais elle a eu une vie tumultueuse.

Elle a vécu au Ritz durant la Seconde Guerre mondiale, y compris pendant l'occupation allemande de l'hôtel. Quelle audace! Quelle Liberté! Une sacrée femme.

La rue Cambon a été la rue de mes amours, j'ai longtemps été folle de Monsieur C. une histoire incongrue et que je considère aujourd'hui comme vide de sens. Je l'avais rencontré jeune, à dix-neuf ans, lui en avait vingt-sept à l'époque. Il m'avait plu au premier regard échangé, quelque chose dans ses yeux, sa manière d'être ou sa voix, je ne sais plus, mais quelque chose d'indescriptible m'avait troublée, comme une vibration dans mon estomac, ce que certains appellent les papillons. Il m'avait demandé son chemin à la sortie du métro. Je le lui avais indiqué poliment, puis par hasard, je l'avais retrouvé dix minutes plus tard, à l'opposé des indications que je lui avais données. Il cherchait le nom de la rue avec un air de petit chat perdu dans son costume noir italien parfaitement taillé.

En me voyant, il avait hoché la tête :

— J'ai dû confondre ma gauche et ma droite !

— Vous ne devriez pas être ici, la rue Cambon est plus bas. Je lui ai répondu.

— Je n'ai pas vraiment pu me concentrer sur vos indications, c'est votre regard, il m'a troublée. Il avait dit ça d'une voix à peine audible, comme s'il avait pu se raviser si j'avais demandé de répéter.

— Je sais, c'est parce que je louche! J'avais ri d'un rire gras, je déteste les compliments.

— Non, ce n'est pas ce que j'ai voulu dire...

Il rougit, c'était là que j'avais commencé à craquer.

Nous avions parlé pendant un moment avant de décider de poursuivre notre conversation après son rendez-vous autour d'un verre, au Triadou justement. Quand les glaçons de mon Orangina avaient fondu, je m'étais rendu compte que nous discutions depuis deux heures. Alors je lui avais proposé d'aller aux Tuileries en cette fin de journée magnifique du mois de mai 2001, pour voir le coucher de soleil. Ne voulant plus nous quitter, nous avions diné dans un restaurant de la place du Marché Saint-Honoré. En quelques heures, je l'avais dans la peau, je ne pouvais plus détacher mes yeux des siens, il avait suscité ma curiosité.

Il était sûr de lui et vulnérable à la fois, cela me captivait, je voulais tout savoir de sa vie et lui confier mes pensées les plus secrètes. Minuit était arrivé, j'avais passé la soirée avec un inconnu qui m'avait fait sentir comme si on se connaissait dans d'autres vies. Sur le chemin du retour, il m'avait embrassée. Un baiser si passionné qui me laisse encore un doux souvenir quand je passe rue Cambon. Ça m'avait fait tourner la tête, comme dans la chanson d'Edith Piaf, « Mon Manège à moi, c'est toi.» C'était lui. Il me faisait tellement rire, qu'à chaque fois que je riais les papillons dans mon ventre se déployaient. J'étais high, je planais.

Un jour, au bout de trois mois d'histoire d'amour intense, de jeux immatures, de rendez-vous manqués, et de lapins posés, il m'annonça qu'il devait partir en Italie pour un nouveau poste. J'avais tant pleuré, le cœur brisé, qu'il reste encore des traces de larmes sur mes livres d'étudiante de l'époque. J'errais rue Cambon dans l'espoir de le revoir, là, qu'il apparaisse, cherchant son chemin. Je voulais mon shoot, le sentiment de vibrer sous ses mains et ses baisers brûlants.

La première année après son départ, Monsieur C. était revenu plusieurs fois à Paris. À chaque fois, j'anticipais nos retrouvailles à l'idée de ressentir cette passion fougueuse. Mais elle avait disparu. Il avait soudain l'air ennuyeux, ses conversations étaient plates, ses mains sur moi m'irritaient.

Il occupait moins mes pensées quand j'étais étudiante en sciences économiques à Paris, libre et légère, pendant qu'il s'installait à Florence, avec l'ambition de réussir sa carrière de directeur artistique dans la mode. J'ai su que je n'étais plus amoureuse quand il m'avait proposé de venir vivre avec lui. J'avais dit non sans hésiter, je voulais l'aventure, qu'il me manque et que l'on se retrouve pour vivre encore plus forts, pas l'attendre tous les soirs à la maison en cuisinant des pâtes. L'idée de faire ma vie en fonction de lui me semblait saugrenue, j'avais mes projets et mes études à finir.

Ce refus l'avait rendu plus insistant, il m'appelait plus régulièrement pour parler de longues heures, surtout pour me demander si j'étais heureuse. Il avait la trentaine et était devenu un homme au pouvoir de séduction irrésistible, animal. Le petit chat égaré était devenu un lion.

Je n'étais pas la seule dans son cœur, il a successivement vécu avec une Anglaise, une Italienne et une Japonaise. Quand il me l'annonçait, j'étais jalouse, j'avais imaginé parfois comment aurait pu être notre vie à Florence, si j'avais dit oui. Rien que d'entendre sa voix grave, posée, rassurante, me lançait en orbite sur la Lune, puis finissait toujours par me laisser une sensation de vide à la fin de chaque appel.

Comme notre histoire avait un goût d'inachevé, souvent il faisait des visites impromptues à Paris, pour ranimer la flamme peut-être. Il venait pour le travail, mais il tenait absolument à me voir, alors je séchais les cours pour le rejoindre le cœur battant non loin de la rue Cambon où étaient ses bureaux. J'avais grand plaisir à le voir à chaque fois, mais mon cœur ne s'enflammait plus en sa présence, comme une drogue qui ne faisait plus effet. J'étais devenue froide et distante, comme si je revoyais un vieil ami. Il avait alors déployé ses charmes pour me faire craquer, il semblait épris, et exalté de me voir. Ses yeux couleur jaune et noisettes plongeaient dans mon âme et je redevenais alors vulnérable, troublée, névrotique. Quand il me regardait ainsi, me venait en tête la voix d'Edith Piaf, qui chante la Vie en Rose, « Des yeux qui faisaient baisser les miens.» Il me regardait comme une femme, il me désirait et j'aimais ça.

Le temps avait passé depuis notre baiser à étincelles de la rue Cambon. La vie a mis un étudiant aux yeux doux et rassurants sur ma route, qui m'a aussi embrassée fougueusement, mais devant l'Opéra Garnier. N'allez pas imaginer que j'ai eu une histoire d'amour devant chaque monument de Paris, non, uniquement dans le secteur ouest, entre Montmartre et le Louvre.

Trois ans plus tard, peut-être quatre, je ne sais plus, j'avais appelé Monsieur C. pour lui dire que je l'aimais, sûrement parce qu'il était loin, tel un songe, inaccessible. Il n'avait rien répondu, et ce n'était pas nécessaire. C'est une histoire banale, mais singulière, car nous n'avions jamais consommé. La dernière fois qu'il avait texté pour me dire qu'il était à Paris, je n'ai pas répondu.

Je l'avais aimé, puis désaimé, puis il m'avait aimée, mais ne nous étions jamais mis au diapason de nos émotions. C'était un coup de foudre magique, que nous avions voulu faire durer. Mais les coups de foudre ne sont pas faits pour durer. Tous les deux nous avions souffert de l'inconsistance des sentiments.

Chapitre 3

Home

Paris, ma ville, ma maison, le lieu que je peux appeler chez moi, même si je me sens partout chez moi. Si je vous demandais où vous vous sentez chez vous, quelle serait votre réponse ? Moi, c'est dans ma tête, mon monde intérieur me suffit, facile à transporter dans mon cœur. J'ai vécu dans cinq pays et plus d'une vingtaine d'appartements. Les études, les colocations, le travail, et les circonstances ont fait que j'ai souvent déménagé. Loin de Paris, elle me manque, cette ville d'élégance, d'esthétisme, de culture, de gastronomie. Une fois sur place, je la déteste. Ses habitants dépressifs, son métro bondé et puant, ses rues pleines de merdes de chiens. Une fois rentrée, lasse de son temps gris, j'ai voulu mille fois la quitter, elle et son hiver maussade où la pluie est la seule perspective durant des semaines. Quand je vivais à Miami, rien qu'une photo de Paris me rendait joyeuse, je criais « Vive Paris ! » à chaque fois qu'elle s'offrait en décor de film ou de publicité de parfum.

Il fallait que je revienne à la maison, une dizaine d'années à l'étranger avaient eu raison de moi.

À l'aube de mes trente-deux ans, sur le point de demander le divorce, Paris me semblait le lieu rêvé pour une dépression en lunettes noires avec cigarettes et café en terrasse. Alors que j'étais anéantie par ma séparation, trompée, trahie par celui qui un jour fut l'étudiant aux yeux doux qui ne me ferait jamais de mal, rien ne m'était plus réconfortant que d'imaginer la place de l'Opéra, la Concorde, les Tuileries, le Fumoir où j'avais des souvenirs de rendez-vous galants, de pots entre potes et de confidences entre amis. Et voilà, juin 2014, j'étais rentrée pour retrouver cette ambiance, mes amis, mes amours, mes emmerdes, comme disait si bien Charles Aznavour.

Je voulais déambuler dans les rues sans but, être à mon tour une touriste, me perdre et redécouvrir la ville avec un œil nouveau.

Le mois de juin est ma période préférée à Paris. Il y a un son particulier en été que j'adore, au coucher du soleil, lorsqu'on s'éloigne du tumulte des embouteillages, sirènes et klaxons, on peut entendre le chant envoûtant de l'envol des martinets. C'est pour moi la bande originale de Paris. À ce moment précis, c'est elle qui murmurait à mon oreille, elle m'ouvrait les bras, en me disant « Bienvenue à la maison. »

J'avais le sentiment, le temps d'un court instant, de retrouver mon insouciance, ma légèreté, mon innocence. Les hommes beaux et élégants qui observent d'un œil furtif votre silhouette, qui se dérobent une fois qu'ils ont croisé votre regard glacial de Parisienne pressée. Les femmes gracieuses qui se scrutent pour comparer leur style, s'attardant sur un détail de votre tenue comme une broche, un chapeau, ou une étole. Parfois, elles s'arrêtent même pour complimenter votre tenue, rien de plus flatteur que le compliment bienveillant d'une autre Parisienne. Je n'hésite pas moi-même à en donner d'ailleurs. Paris, ce sont aussi les rires des enfants qui font un tour de poney au parc Monceau, ou au jardin du Luxembourg. J'aime les regarder sauter sur les colonnes de Buren au Jardin du Palais Royal, où l'art offre une expérience urbaine ludique. Les bancs bondés dès les premiers rayons de soleil et ces gens qui passent le temps un livre à la main, au parc, sur les quais, ou au bord des fontaines. La flânerie, voilà pourquoi j'aime Paris. L'art maîtrisé de la flânerie. Je l'ai retrouvé lors de brefs instants, cette beauté parisienne, l'art de ne rien faire, de se balader le nez au vent, d'improviser des rendez-vous pour un café, errer au hasard dans des librairies et des musées. L'insouciance, ou l'illusion de l'insouciance retrouvée, je souriais.

Chapitre 4

Adieu Alep

De la merde de pigeon, voilà avec quoi Paris m'avait souhaité la bienvenue. Au doux son des martinets, accompagnée de l'odeur des tilleuls en juin, Paris a laissé place à l'odeur de pisse et la fiente de pigeons. La douceur du printemps m'avait bercée de jolies fleurs, le solstice d'été m'avait baignée de soleil et de musique, l'été m'avait offert une parenthèse de quiétude où Paris s'offrait à moi seule.

Puis l'automne est arrivé, couvrant les rues d'un tapis orange de feuilles mortes, cachant malicieusement les merdes de chien aux passants. Bien évidemment, j'ai fini par marcher dedans, impossible de les repérer au milieu de ce trottoir devenu une rivière de compost de la rue des Capucines. Mes bottines avaient vu pire, j'avais marché la veille dans la boue et le crottin de cheval au bois de Vincennes lors d'une promenade. Je ne les quittais plus depuis que je m'étais tordu la cheville à cause de mes talons hauts coincés dans un pavé de la rue Duphot, ce qui m'avait valu trois semaines d'arrêt de travail et deux mois de rééducation. Ce fut la fin des talons pour moi. Le confort d'abord.

Un vieux rustre m'a sifflée en passant et une élégante dame m'a interpellée gentiment afin de me signifier qu'un prospectus s'était collé à ma chaussure droite. La honte. J'ai vite déchanté de mes retrouvailles avec mes compatriotes parisiens.

Je me dépêchais de retrouver Arvee pour déjeuner. Il était photographe et philosophe, dont les séries de photographies sont des danseurs et acrobates, qu'il aimait photographier en noir et blanc à la façon de statues à l'aube dans les rues désertes de Paris. Une seule fois uniquement, lui et son équipe s'étaient fait réprimander par la police. Il en riait à chaque fois qu'il expliquait son travail. Un esprit rare, vif, hors du temps et fascinant.

Nous nous sommes retrouvés pour discuter de sa prochaine exposition, de la vie, et refaire le monde. Le Café des Capucines est un restaurant au décor 1930, avec tentures rouges en velours, boiseries et vitraux, où les serveurs portent encore le tablier noir et blanc à l'ancienne. Avec ma petite entreprise, je me suis improvisée dénicheuse de talents, des peintres ou photographes. Un peu par hasard... Ceci a commencé il y a longtemps. Comme un aimant, dans chaque ville où je vais, je rencontre des artistes et personnages originaux, sans les chercher, l'univers les met sur ma route, dans des expos, des avions, ou des aéroports, ou même au marché. J'ai parcouru le monde, et rencontré des centaines de personnes inspirantes et captivantes. Cela débute souvent par de l'humour, un commentaire, ou même une chute, comme avec Arvee, qui était à vélo rue Duphot quand il m'avait vue m'étaler de tout mon poids. Comme un prince charmant, il avait récupéré ma chaussure coincée dans le pavé. J'avais ri de ma gaucherie et malchance et lui, il avait dit « Mademoiselle, votre chute était magnifique, telle une patineuse artistique. »

Il voyait la beauté dans tout et ses conversations pouvaient vous transporter et vous laisser pensif des jours.

En cet automne 2014, la guerre en Syrie ne pouvait plus être ignorée comme un murmure lointain. Le printemps arabe, au rêve de démocratie dans les pays arabes, était devenu un sombre hiver. Je suivais les informations avec effroi et je notais mentalement les étapes franchies vers l'horreur, on parlait d'usage de gaz toxiques sur des civils, des enfants.

Le sujet vint naturellement lors de notre conversation du jour.

— Personne ne comprend vraiment ce qu'il se passe. Arvee avait l'air inquiet, le regard dans le vide.

— Tout a débuté en 2011 par l'immolation auto infligée d'un jeune vendeur de légumes en Tunisie, Mohamed Bouazizi. En Syrie, on y parle de massacres, de bombardements, de rebelles, de terroristes, de Bachar El-Assad. Je ne comprends plus rien. Je regardais les Parisiens insouciants passer, préoccupés par leurs boulots, la crèche des enfants, ou leur prochain rendez-vous.

Arvee m'écoutait attentivement, de son regard pensif, des rides lui mordaient ses yeux, il avait dû abuser du soleil californien tout au long de sa vie. Il me répondit :

— Quel désespoir doit-on avoir pour s'immoler. On ne doit plus rien avoir à perdre ni attendre de la vie, quand la mort devient la seule porte de sortie. J'en connais des agriculteurs à bout en Dordogne, là où j'ai vécu plusieurs années, certains se sont foutus en l'air ; ils se pendent ou encore se mettent un coup de fusil dans la tête, mais s'immoler; c'est un geste fort.

Arvee restait immobile, je ne l'avais jamais vu d'humeur si sombre. Je voulus briser ce silence pesant :

— C'est souvent les agriculteurs qui sont le plus mal lotis dans le monde. Tout ce merdier est dû en partie à la spéculation sur les denrées alimentaires. Crois-moi, j'ai vu les courtiers de Chicago spéculer sur le blé, et si derrière les agriculteurs crèvent en Afrique ou Moyen-Orient, c'est le dernier de leur souci. Tu es déjà allé au Moyen-Orient, toi ?

— Oui dans les années quatre-vingt pour des reportages photos. J'ai été à Alep, Damas, et à Mossoul aussi en Irak. Je te montrerai des clichés.

— Quelle chance tu as eue! J'ai hâte de voir ça.

Je rêvais de voir Alep, son souk, le plus vieux marché du monde, ses concerts de luth oriental, ses épices et senteurs, son architecture unique. Une larme avait coulé spontanément sur ma joue devant les informations, lorsque j'avais vu Alep transformé en cendres. Adieu Alep ! L'idée que c'était là-bas la terre de mes ancêtres, moi l'Algérienne née à Paris, la Française qui n'avait jamais mis les pieds au Moyen-Orient... J'étais nostalgique d'un passé que je n'avais pas connu. La Syrie me manquait. La Syrie qui a vu naître le chanteur qui a bercé de sa musique la maison de mes grands-parents à Oran, en Algérie. La maison où les tilleuls et les lilas invitaient à la contemplation. Mes étés passés avec eux avaient toujours la même bande son, celle de Farid El Atrash, un chanteur, acteur, crooner égyptien né en Syrie. Notre Franck Sinatra, si je peux oser la comparaison. En écoutant ses chansons et en regardant ses films, toutes les familles arabes retrouvaient un Moyen-Orient perdu, libre et insouciant, avant les guerres, les déchirures liées au pétrole. Le pétrole, ce sang maudit du Moyen-Orient. Alep n'était plus ni Bagdad, l'autre plus vieille ville du monde. La Mésopotamie, le berceau de la civilisation. J'avais le sentiment de perdre à jamais, mes racines, nos racines.

Pourquoi cela me remuait autant? C'est comme si on me coupait de mon passé, je ne pouvais plus avoir accès à mes origines, mes ancêtres, mes monuments, la porte d'Alep, ses vestiges. Il restait la musique, Farid El Atrash. Je m'y accrochais, car c'est tout ce qu'il restait, les hommes sont morts, ils ne pourront plus raconter, les vestiges ne révéleront plus leurs secrets, les ruines sont devenues des cendres.

Chapitre 5

L'étrangère

Cela demande une certaine forme d'extrémisme radical pour être optimiste dans ce monde. Voyez-vous c'est difficile de trouver des personnes positives qui vont vous lancer une bouée de sauvetage afin de ne pas sombrer les jours de tempête.

Katia, une amie américaine d'origine polonaise, expatriée depuis dix ans à Paris, me demande souvent « À quoi bon? Quel est le sens de cette vie? Comment continuer d'avancer avec les guerres, le changement du climat, et tu as vu ce que ce qui passe en ce moment avec les inondations un peu partout? Une impression de fin du monde! »

Nous étions loin de tout ça, dans l'appartement coquet avec poutres apparentes et vraie cheminée de Katia, situé dans le Marais. Mais Katia semblait paniquée.

Il y a pire comme décor de fin du monde. Je me suis toujours demandé pourquoi ce sont toujours les plus aisés qui dramatisent le plus. En réalité, c'est sans doute parce qu'ils ont tout à perdre.

— Je n'en sais rien, putain. Personne n'a la réponse, et personne ne le saura jamais. Je ne me pose plus cette question, je vis, j'essaie d'avoir un impact positif autour de moi. Si ma vie n'a aucun sens, aider les autres, dans la mesure du possible, me donne un sentiment de satisfaction. Avec mon temps, mon énergie, mes idées. Nous sommes très privilégiées, regarde autour de toi. Tu vis à Paris, dans un appartement confortable, tu as un revenu, une bonne santé. Si je regarde par la fenêtre, ce n'est pas la guerre. Je suis consciente d'avoir de la chance, plus que la majorité des gens qui vivent sur Terre. Peut-être que nous ne sommes pas si spéciaux, nous les hommes, pas plus que les fourmis ou les oiseaux. On naît, on vit, on meurt. On nourrit les vers de terre et ciao bye, un jour plus personne ne viendra déposer des fleurs sur ta tombe et puis on t'oublie.

C'est ça, ou alors c'est l'autre option, nous avons tous un destin à accomplir, une trace à laisser, un but, Dieu ou une autre force nous guide et quand on meurt on va au paradis. La croyance bouddhiste parle du Samsara, le recommencement éternel, où tu te réincarnes, plusieurs fois et sous toute forme de vie, afin d'atteindre ton but, l'illumination, grâce à tes bonnes actions pour enfin aller au Nirvana.

— Alors tu crois en quoi? Tu t'accroches à quoi?

Debout dans sa cuisine, elle me scrutait avec ses grands yeux bleus, du haut de son mètre quatre-vingt, je soutenais son regard dubitatif, avec mon mètre soixante, ce qui m'obligeait à me tordre le cou pour lui parler. Elle sortit enfin les cookies du four et nous sommes allées nous asseoir dans le salon. Assises, nous étions enfin à égalité.

— Je crois en moi, c'est déjà bien assez. Franchement, laissons Dieu là où il est, il a bien assez à faire, et franchement je préfère ne pas me réincarner.

Je me suis servi un de ses délicieux cookies. Je ne lui dirai jamais le fond de ma pensée, les secrets qui me tourmentent. Dieu, s'il existe, est un auteur de pièces de théâtre tragi-comique, qui se fout bien de nous.

Chapitre 6

Les fétichistes

Mes cheveux sont explosifs, une goutte d'eau et ils gonflent comme un soufflé. Adolescente, au collège, les autres élèves m'avaient affublée de multiples surnoms visant à m'humilier, tels que Vivel sans gel, Jackson Five, puis Roi Lion. Les plus gentils m'appelaient « Boucles d'or» en se moquant de moi. À quatorze ans, j'ai alors décidé d'avoir recours aux produits défrisants dans les boutiques africaines. Je ressemblais à tout le monde, c'est-à-dire aux autres filles arabes qui, elles, se défrisaient les cheveux pour ressembler aux filles européennes aux cheveux lisses. C'était une sacrée connerie, car ça a fini par transformer mes cheveux en paille avant mes dix-huit ans. Heureusement, j'ai arrêté à temps. J'ai fini par accepter ma frisure et les ai laissés vivre, détachés, indomptables. Au moins les choses sont claires, mes cheveux ne sont pas sages et moi non plus. C'est devenu aujourd'hui mon atout beauté.
— Tes boucles, tes boucles blondes, c'est pour ça que j'ai craqué sur toi! me dit David.
— Tu m'avais dit la dernière fois que c'étaient mes mains.
— Oui aussi, j'adore tes petites mains. Puis ton profil aussi, tu connais le buste de Néfertiti, exposé au Musée égyptien de Berlin? Et bien tu me fais penser à son profil.
— Je vois très bien, le buste pillé par les Allemands, enfin « découvert» en 1912 par La Compagnie Orientale allemande, que l'archéologue Ludwig Borchardt a gentiment offert d'emmener en Allemagne pour la mettre en lieu sûr.
— Ton profil et ta verve, c'est ça qui me plaît. Mais c'est lassant parfois.
— Elle n'a jamais été exposée en Égypte !
— Mais tu es mon Égypte !
— Fétichiste, Orientaliste !

Il a ri de son rire enfantin, ses yeux bleus se sont illuminés et il finit comme toujours par balancer sa tête en arrière.

— Tu es impossible.

Il se hissa sur son fauteuil à la force de ses bras, une fois les fesses bien calées, il ramena ses jambes sur les cale-pieds, les attacha au niveau des chevilles. Une routine que je l'ai vu opérer tous les matins. Je n'ai jamais plus dit l'expression « avoir du mal à se hisser du lit ».

Je l'avais toujours connu hémiplégique, il avait une galerie d'art à Miami et une association pour aider les personnes à mobilité limitée à retrouver goût à la vie grâce à la rééducation par l'art. Il avait travaillé dans la finance avant à New York, on aurait pu se croiser quand je travaillais dans la finance aussi, mais non, je l'ai rencontré devant sa galerie, longtemps après son accident. Je l'avais trouvé lumineux, il avait un je-ne-sais-quoi, charismatique, unique. Il m'a toujours dit que je l'aurais détesté si je l'avais connu avant, car il était un sacré trou-du-cul, un homme à femmes, arrogant, un peu comme le personnage de Christian Bale dans le film American Psycho. Certainement, mais l'univers a voulu qu'on se rencontre plus tard.

Je suis sortie du lit et j'ai commencé à m'habiller. J'ai esquivé sa main qui essayait de m'agripper au passage. Il m'agaçait.

— Tu me quittes ?

— Oui, je te quitte pour un unijambiste ! Ce sera une amélioration.

Ses yeux exorbités, faussement choqués, il rit de plus belle.

— Qui est-ce ? Le mec de l'hôpital avec qui tu parlais la dernière fois ? David me demanda soudainement.

— Tu es jaloux ? Tu vas faire quoi, te lever et lui casser la gueule ? Ou lui rouler dessus ?

— Si je le revois à mon cours d'art, je vais lui voler sa prothèse, il aura l'air con ! Et d'ailleurs, c'est toi la fétichiste d'handicapés !

— Oui j'ai un faible pour les éclopés, que veux-tu, ils sont plus dociles pour le bondage...

— Arrête, tu recommences à m'exciter ! Il sourit. Viens là, viens m'embrasser. Je l'embrassai tendrement sur les lèvres. Son âme m'avait séduite, j'avais pleuré quand il avait trouvé le courage deux ans plus tôt de me dire qu'il m'aimait. J'étais prête à tout pour lui, il me rendait la plus heureuse du monde, il faisait pousser des roses dans mon cœur.

Chapitre 7

Vue sur Cour

Des fois, je pense à mes amours passées et je souris, beaucoup d'histoires sans queue ni tête, qui ont parfois mal fini, mais qui valaient la peine d'être vécues. Il n'y a aucun regret à avoir. J'ai fait confiance en l'univers, je dois dire qu'il m'a joué tant de mauvais tours, mais ça tombe bien, j'ai un grand sens de l'humour. On dit que la vie, c'est tomber mille fois et se relever à chaque fois. Moi je tombe et je me relève en me marrant, des fois en pleurant, mais j'ai appris à lui faire confiance.

Ma relation avec Paris est compliquée, un jour je l'aime, je crève d'envie de déambuler dans ses rues, de voir les gens, de découvrir ses passages secrets, de la découvrir comme une amie intime qui cache encore des secrets. D'autres jours, je ne peux plus l'encadrer en peinture, ses grèves incessantes, des transports en commun lents et bondés, ses odeurs nauséabondes et sa pollution, elle devient cette vieille dame qui se néglige et à qui on ne veut plus rendre visite.

Si ma vie à Paris ne consistait qu'à prendre des cafés, dîner dans de bons restaurants et visiter des galeries d'art contemporain, ce serait si simple, mais pas réaliste. Ça c'est la vie des touristes ou dans les films américains avec une vision fantasmée de Paris.

J'ai passé trois heures à faire la queue à la préfecture pour obtenir la retranscription de mon permis, puis encore trois heures à la mairie pour refaire ma pièce d'identité. Maintenant j'étais partie à l'assaut d'un appartement, pour la première depuis mon divorce, j'allais vivre seule, et cette perspective m'enchantait. Enfin, la paix, le bonheur. Je me sentais seule en présence de mon mari lors de certaines longues soirées lorsque nous étions mariés. Il avait ce don de ne pas m'écouter et de me faire sentir insignifiante.

Armée de mon dossier, j'arpentais les rues de Paris pour des visites d'appartements, ou plutôt de placards à balai en rez-de-chaussée ou sixième étage sans ascenseur. J'ai plusieurs fois abandonné en voyant une file de pauvres âmes encore plus désespérées que moi pour un appartement de 15 m² au prix de neuf cent cinquante euros, et ce, sans les charges. Pour s'offrir le rêve parisien, il faut toucher trois fois le montant du loyer et avoir un garant, oui, un garant, vos parents ou un ami fortuné, qui puisse assurer que vous n'êtes pas un vaurien qui risque de ne pas pouvoir payer le loyer.

À bout, j'ai fini par retrouver Blanche, une amie de longue date, pour fêter son licenciement, ou plus précisément sa rupture conventionnelle.

— Tu sais quoi? Ne te prends pas la tête pour les apparts, fais de fausses fiches de paie, tout le monde fait ça. Merci Photoshop !

Blanche finit son verre de Côtes-du-Rhône. Je restais dubitative devant elle et je commandai un verre de Graves.

— Quinze heures pour commencer à boire, ce n'est pas si tôt que ça quand on est au chômage.

Issue d'une bonne famille, elle avait fait une école d'art puis de marketing, pour finir graphiste dans une agence internationale de publicité.

— Moi j'ai rien dit, aucun jugement de ma part, enfin si, le serveur pourrait t'apporter des cacahuètes quand même, ce pays n'est plus ce qu'il était. Je lui souris.

— Les cacahuètes ou bretzels, ça commence à 18 h... Je détestais cette boîte de cons, tous mes collègues étaient chiants comme la mort et hypocrites. Ça ne va pas me manquer de faire des vidéos pour du papier toilette et des pneus. Je voudrais faire un travail qui a du sens.

Nous avons enchaîné les verres avant l'happy hour; j'ai fini bourrée à 17 heures et je suis donc rentrée faire une sieste après avoir vomi, pas très fière de moi. Le lendemain, je suis allée visiter un appartement de bonne heure, toujours avec mon vrai dossier, refusant l'offre généreuse de contrefaçon de Blanche. C'était un immeuble charmant près du Canal Saint-Martin, dans la rue Marie-Louise. C'était un petit studio cossu sous les toits, spacieux et lumineux, avec poutres apparentes, et du parquet neuf.

Le must était une salle de bain qui n'exige pas d'être contorsionniste et où il n'y avait pas une douche, mais une vraie baignoire. Je le voulais, je m'y sentais bien. La propriétaire, une dame d'un âge avancé, portait un pull rayé Petit Bateau et un pantalon chino beige. Elle me regarda avec bienveillance, avant de m'annoncer :
— Mademoiselle, je crains qu'un garant ne soit nécessaire pour compléter votre dossier, pour me rassurer, une personne salariée de préférence, étant donné votre statut d'entrepreneur. C'est formidable ce que vous faites, organiser des expositions, et trouver des mécènes, c'est admirable et il faut plus de gens comme vous, étant donné le budget ridicule que l'on accorde à la Culture dans ce pays... Enfin c'est un débat pour un autre jour. Vous ne devez pas avoir de revenus réguliers et personne n'est jamais l'abri d'une crise. Dans tous les cas, j'ai d'autres visites prévues et je vous rappellerai en fin de journée.
Je la remerciai en souriant.
Au ton qu'elle utilisa pour dire « entrepreneur », on aurait dit qu'elle disait « saltimbanque » ou « bohémienne » et elle n'était peut-être pas loin de la vérité. Heureusement, je ne lui avais pas dit que je travaillais à domicile, dans des cafés ou des espaces de coworking selon mon humeur. En sortant, j'ai pris un café sur la place, en face d'un restaurant vietnamien, où j'aimais manger des bo-buns avec Blanche. Cette place était un havre de paix, notre petit coin caché du Canal Saint-Martin, loin des touristes, où on se retrouvait entre initiés,
entre Parisiens à l'humour cynique et à l'humeur acerbe.

Le soir même, la propriétaire m'appela gentiment pour me prévenir qu'elle avait préféré choisir une étudiante avec parents comme garants.

Je pestai dans ma barbe après avoir raccroché, je ne le savais pas encore, mais l'univers m'avait fait un cadeau, m'épargnant ainsi de vivre en face du restaurant le Petit Cambodge en août 2015.

Chapitre 8

Douce Amnésie

Si je vous demandais quelle était votre identité, que répondriez-vous? La mienne est multiple, née en France, j'ai été ballottée entre l'Algérie et la France durant ma petite enfance, élevée de mes deux ans à quatre ans par mes grands-parents à Oran.

Je suis une mosaïque, une vraie lunatique culturelle, quand je travaille je suis Américaine, quand j'aime je suis française et quand je m'énerve je suis arabe. Je vibre aussi bien pour la musique orientale de Warda, une chanteuse algérienne, née à Paris, qui chantait divinement des chansons égyptiennes, que pour les chansons romantiques de Charles Aznavour. Je chante ma mélancolie sur Jacques Brel ou Dalida et je pleure aussi sur Fairuz. Je fais des hugs comme une Américaine, parle avec les mains comme une méditerranéenne avec un humour noir et cynique bien français. Pourquoi choisir? En France, je suis considérée comme Algérienne et en Algérie comme une « Romia » ou une
« Gueouria ».

Mon grand-père m'appelait la Romia, j'imagine que cela vient de la colonisation romaine des Berbères. Ainsi à Oran, les Européens sont appelés les Romi. Ma blondeur et mes yeux verts sont toujours objet d'investigation. Comme j'aime raconter alors que l'Algérie est une mosaïque de peuples qui ont successivement vécu dans le pays ! Peut-être qu'une de mes lointaines ancêtres a craqué pour un charmant Viking. Certainement était-elle elle-même une pirate? Mon imagination est intarissable sur ce sujet. Je préfère m'inventer des histoires plutôt que de découvrir une vérité insoutenable, tel un viol.

L'Histoire a traversé trois générations de ma famille : mes grands-parents lisent et parlent le français appris à l'école lors de l'époque coloniale.

Ma mère parle français et arabe, mais elle ne maîtrise pas l'arabe littéraire ou « Fus-Ha », car dans les années soixante-dix, les écoles en Algérie étaient bilingues. Puis ses frères et sœurs, plus jeunes, maitrisent l'arabe, car la langue est devenue obligatoire dans plusieurs programmes. Mes grands-parents regardaient les actualités en français, puis quand le pays a progressivement diffusé des émissions en arabe littéraire, changé les noms des rues et des formulaires, ils ont dû l'apprendre. Avec ma mère à la maison, en France, nous parlions français, mangions des pâtes et des steaks-frites, et écoutions France Gall. Elle était francisée et ne se posait pas de question sur l'Algérie, qu'elle avait quittée quand elle avait neuf ans, il lui restait des traces des cours d'arabe, qu'elle pouvait déchiffrer avec beaucoup d'effort. Elle utilisait des interjections en Darija quand elle se fâchait. Alors que mon questionnement sur ses origines grandissait, elle ne voulait plus regarder dans le rétroviseur. Son silence devenait épais, telle la brume écossaise, à chaque fois que j'exprimais de la curiosité. Debout dans sa cuisine ce dimanche d'octobre 2015, elle préparait un couscous, car c'était mon anniversaire. La radio passait la chanson de Balavoine, « Mon fils, ma Bataille » elle chantait le refrain pendant que je mettais le couvert.

— Maman, je rêve d'aller en Jordanie, au Liban, en Égypte !

Pourquoi tu irais dans ces pays? C'est dangereux… Il y a déjà tant à voir en Europe. Attend un peu. Pourquoi tu as mis les assiettes rouges ? Je les déteste, tu sais bien, range-les, met les blanches. C'est à croire que tu fais exprès ! Je m'exécutai sans broncher, la semaine précédente, c'était l'inverse, il ne fallait pas surtout pas sortir les assiettes blanches, la contrarier aurait signifié passer un déjeuner horrible et je préférais éviter une crise. Sa maladie se manifestait par de longues phases de dépression, puis d'euphorie, elle n'en parlait jamais, mais elle avait gardé les bracelets d'identification après ses deux séjours en hôpital psychiatrique dans un tiroir de la cuisine. Une crise de hurlements pouvait être déclenchée par des choses insignifiantes, alors pour retenir son attention, je poursuivis :

— Je veux voir notre creuset, nos traditions, sentir les épices, redécouvrir la cuisine, de là où l'on vient; le Moyen-Orient, voir ce qu'il en reste du moins, comme Pétra en Jordanie, tu ne t'intéresses pas à tes origines? Tu ne cesses pas de me dire que nous sommes arabes, mais je n'ai aucune idée de ce que cela peut vouloir dire. C'est juste un concept. Je veux voir sentir les odeurs, rencontrer les gens, l'Histoire, et l'architecture.

— Si eux-mêmes, n'ont pas préservé leurs pays, se sont déchirés et ont tout détruit, pourquoi moi alors je devrais m'en préoccuper? Ils n'ont pas su sauvegarder leur patrimoine, ils s'en foutent, alors je ne regarde plus en arrière.
— Après moi le déluge, c'est ça ?

— Je suis en France, je suis Française, je ne veux plus penser au passé, je regarde vers l'avenir. Toi là-bas, tu ne seras qu'une petite Frenchie, rien de plus, personne ne nous attend là-bas. Tu parles arabe, mais pas assez bien pour tout comprendre, en plus.
Je le parle mieux que toi déjà.
Son regard s'assombrit, et elle balaya l'air de sa main :
Khalass ! Maintenant tu arrêtes tes idées frivoles et mange, ça va refroidir !
En punition, elle m'a resservi trois fois et je devais tout finir.

Si ma mère était radicale concernant son identité, en se fondant dans la masse, en s'adaptant aux us et coutumes françaises jusqu'aux ongles, moi je gardais une nostalgie de mes origines. Elle souffrait d'une amnésie douce et moi peut-être d'un Moyen-Orient fantasmé, idéalisé certes, mais d'un Moyen-Orient riche, multiculturel, multireligieux, de l'Empire abbasside, de l'Empire de Cordoue, d'une Andalousie où je me balade en caftan et cheddah, une coiffe sur la tête, dans les jardins de l'Alhambra. Je discute avec Averroès et Avicenne de la finalité de la vie afin d'atteindre la sagesse grâce au savoir. Comme j'aurais aimé pouvoir lire ces philosophes.
J'ai appris l'arabe en langue étrangère à plusieurs reprises lors de mon parcours scolaire, mais sans succès, je me suis arrêtée à l'alphabet, c'était trop difficile pour mon cerveau d'écrire de droite à gauche. J'étais peut-être seulement une Française en quête d'identité, un bateau mal ancré, sans port d'attache.
Alors j'ai voyagé, avec une soif de découverte, le Nouveau Monde, le Canada et les États-Unis ont été mes premières destinations.

À ma grande surprise, le premier week-end à Miami, en janvier 2011 nouvellement immigrée pour un job, je me retrouvais à déambuler dans le quartier de Coral Gables quand j'ai entendu au loin un son familier, de la musique arabe, un rythme entraînant au son de percussions et des Yallah! et des claquements de mains. J'ai cru halluciner! Alors je me suis dirigée vers cette musique, et là j'ai cligné des yeux trois fois, car la musique venait d'une église! Devant la porte, un panneau indiquait Festival annuel libanais. Sans trop réfléchir, je suis entrée. Il y avait une fête avec une centaine de personnes, un buffet avec une file d'attente sans fin, un groupe qui jouait de la derbouka, une piste de danse pleine. Le rêve. À l'entrée une dame m'a accueillie avec un grand sourire « Welcome, come in ! » et m'invita à l'intérieur. Gênée, ne voulant pas être trouble-fête ou pique-assiette, j'ai préféré me dénoncer :

— Merci, Madame, mais je n'appartiens pas à l'église...

— C'est ouvert à tous, nous organisons cet événement pour réunir les gens! Vous prendrez un ticket de tombola ? C'est pour soutenir l'église et vous pouvez gagner un an de cours de danse orientale avec Tara, elle va danser tout à l'heure avec sa troupe d'ailleurs, à ne pas rater !

Je regardais le buffet, et le taboulé, le houmous, les kebbés, le labné, et les pâtisseries ont suscité mon intérêt. Danser, peut-être pas, mais manger, certainement !

— Merci beaucoup, je vais prendre deux tickets, alors. Vous savez, je ne suis même pas libanaise. Je suis française, enfin d'origine algérienne... et je ne parle pas arabe.

— Okay, moi c'est Jeanine, Marahba el Alfa, bienvenue à la fête ! Algériens ou Libanais, c'est le même sel ! Elle a fait un geste de la main devant la bouche pour décrire une saveur.

Et là, à des milliers de kilomètres de la maison, et de Paris, Oran était un lointain souvenir, mais toujours vif dans ma mémoire. Dans cette église, au milieu de ces inconnus, j'étais pourtant de nouveau à la maison avec une communauté, qui m'accueillait les bras grands ouverts.

Chapitre 9

Amor Fati

Il est long le chemin vers la liberté, extrêmement long. Cela demande du courage et énormément de patience afin de se libérer des carcans de la famille, de la société, de la communauté. Essayez de prendre votre voie, d'être différente, de trouver votre propre vérité et vous devenez une rêveuse, une féministe, une paria, ou une folle. Tout dépend de votre degré d'indépendance. Cela m'a pris un certain temps de ne plus me préoccuper de ce que les gens pouvaient penser de moi. Quand j'ai voulu divorcer, on m'a dit que je jetais l'éponge, que je ne me battais pas pour mon couple, qu'on ne quittait pas un homme, parce qu'il vous trompait. Quelle idée saugrenue de ma part voyons... Selon certaines de mes amies mariées, une femme devait rester forte, et se battre pour son mariage. J'ai décidé de ne pas écouter ces conneries.

Quand j'ai enfin divorcé et déclaré que j'étais très bien toute seule, on m'a dit que ça ne durerait pas, une femme a besoin d'un homme. Puis, suite aux questions incessantes sur ma vie amoureuse, car j'avais passé la trentaine, j'ai dit que je ne voulais pas d'enfants. On m'a dit que je le regretterai plus tard, alors je devais me dépêcher de faire congeler mes ovules, avant que ce soit trop tard. Me dépêcher, voilà un mot que je déteste et qui ne fait pas partie de ma philosophie de vie. Et trop tard pourquoi? Je ne voulais pas de trajectoire de vie imposée, où les choses s'enchaînent ; enfants, crédit immobilier, voiture, boulot de merde avec un patron con, puis la retraite. Je n'ai jamais autant pensé au suicide que pendant mon mariage, les déjeuners avec les beaux-parents et les dîners chiants entre couples.

Quand j'ai réalisé que je n'aimais pas mon travail dans la finance et l'idée d'être salariée, mon entourage a décrété alors que j'étais une éternelle insatisfaite.

Alors j'ai quitté ce secteur et lancé ma boîte, cette fois, je faisais carrément la maligne, j'étais une effrontée! Quand j'ai voulu vivre selon mes règles, décider de mon mode de vie, créer mes règles du jeu, vivre comme je voulais, là j'étais en quête d'absolu; une utopiste.

Un jour, à force de me faire descendre, les commentaires ont eu raison de moi. Le défaitisme s'était immiscé sous ma peau, comme une intraveineuse au goutte-à-goutte. J'ai voulu abandonner, ne plus être entrepreneuse, ni écrivaine, car cela était si difficile et ingrat, je rendais les armes, j'abdiquais. Alors ce fut une immense surprise, plus personne ne comprenait, j'abandonnais trop vite, je n'étais pas assez persévérante, si proche du but, c'était dommage, moi qui donnais l'exemple. Et puis merde ! Alors c'était le pompon! Pourquoi écouter ces sornettes? Je valais mieux que ça, il fallait garder le cap et faire ce que je voulais, garder le cap vers ma liberté! Les voiles grandement déployées prêtes à prendre le vent, direction ma vie, ma bonne fortune, ma Fati en latin, mon destin. Et je devais aimer mon destin, Amor Fati.

Chapitre 10

Bouton Safe

C'était un jour morne, Paris et moi n'étions pas en bons termes, elle me fatiguait, ses bruits, sa pollution, sa saleté, me donnaient mal à la tête. Dans mon studio donnant sur cour, tous les bruits résonnaient, j'entendais mes voisins réfléchir. Mon voisin de droite, à priori au chômage, mettait la musique de 11 heures à 4 heures du matin, il parlait fort au téléphone, riait encore plus fort, fumait cigarette sur cigarette à sa fenêtre, faisait l'amour à des filles de passage les fenêtres ouvertes afin que le voisinage en profite. Il était insupportable, mais c'était sans compter le couple gay du rez-de-chaussée qui se disputait en cassant des assiettes. Quand un couple avec bébé a emménagé, et que celui-ci pleurait au milieu de la nuit, à cause de la fête du jeune voisin, j'ai cru devenir folle.

Comme personne ne voulait de problèmes, personne n'osait se plaindre aux principaux intéressés, mais des mots étaient régulièrement laissés dans le hall d'entrée à côté des boîtes aux lettres pour demander plus de calme. Ma technique pour me venger était de passer l'aspirateur en cognant bien les coins le dimanche dès 9 heures pour torturer mon voisin qui devait encore cuver de sa fête de la veille.

Je ne laissais jamais de mots, j'essayais de sortir un maximum pour éviter ce raffut. La paix, je la trouvais en terrasse des cafés, mais ce jour-là les clients attablés me gâchaient ma pause-café, censée être mon moment de quiétude, ils râlaient et se plaignaient. Ils me bousculaient en passant avec leur coude ou leurs sacs, sans même s'excuser, comme si j'étais invisible. Ce matin-là, mon chemin de la maison au Trocadéro était jonché d'embûches; on m'avait écrasé le pied dans le métro, et quand je suis sortie sur la place du Troca, un conducteur avait accéléré lorsque je m'étais engagée sur le passage piéton.

Le dégoût et l'amertume planaient dans l'air. Le serveur m'avait jeté mon café sur la table et exigé le paiement immédiat, car il avait fini son service. Je n'avais pas osé lui dire que le chauffage extérieur me cuisait la tête et que je n'avais pas besoin d'un grille-pain au-dessus de moi pour supporter le léger vent automnal du mois de novembre. Il faisait particulièrement doux ce vendredi, nul besoin de cramer la centrale nucléaire pour trois Parisiens qui veulent en griller une en terrasse. C'est gagné, j'étais de mauvais poil. Quand des touristes m'ont demandé comment se rendre à l'Arc de Triomphe, je leur ai donné de mauvaises indications. Puis, tant pis, il me fatiguait ce couple amoureux et mielleux à prendre des photos devant la Tour Eiffel.

La journée s'était passée sur la même note, maussade et lourde. Le soir venu, j'avais rendez-vous un peu avant 19 heures avec Blanche pour voir une pièce de théâtre, un classique, le Malade imaginaire de Molière. Nous devions nous retrouver au café Nemours, place de la Comédie. Les températures étaient toujours agréables, le soir venu, il faisait doux et la terrasse était pleine. Blanche était là, assise, elle avait enlevé sa veste, en pull cachemire beige et jean noir, une cigarette à la main, à regarder les badauds.

— Désolée, je suis en retard.

— T'inquiète, j'ai déjà retiré les billets. Elle se leva pour me faire deux bises. Tu sens super bon meuf !

— Eau fraîche de Chloé. Mais t'assures grave pour les billets ! Tu sais si on sera bien installées ? Je ne veux pas me retrouver sur un strapontin !

— On verra, pour des billets à moitié prix, il ne faut pas faire la fine bouche.

— J'espère juste qu'on sera à côté d'une sortie de secours. Je suis anxieuse depuis Charlie Hebdo, l'Hypercacher et l'attaque cet été sur la plage à côté de Sousse en Tunisie et ce mec qui a été arrêté à temps avant qu'il ne puisse mitrailler les passagers dans le Thalys. Je me dis que quelque chose va finir par nous tomber dessus.

Ses grands yeux noirs m'ont dévisagée, comme pour voir si j'étais sérieuse, puis elle a secoué la tête.

— Rassure-toi pour ce soir, je ne pense pas que les terroristes soient férus de Molière, on ne craint rien! Finis ton verre, on va être en retard. Tu voudras aller dîner du côté de Répu après? Je connais un petit restau indien le long du Canal Saint-Martin, Marcel, un truc comme ça.

— Non merci, une autre fois peut-être, je préfère rentrer directement après.

Mes craintes se sont dissipées au fur et à mesure de l'avancement de la pièce, nous avions pour instructions d'éteindre nos portables durant la représentation. Au début, j'ai malgré tout regardé où se trouvaient les sorties de secours, puis j'ai fini par oublier mes idées de prise d'otage. Une fois la pièce terminée, j'ai embrassé Blanche pour lui dire au revoir, car il me tardait de rentrer. Dans le bus en direction de la maison, je me suis dit que je regardais trop les infos.

Mon téléphone s'est mis à sonner quand j'ai introduit la clé dans la porte d'entrée de mon appartement, c'était ma mère. Comme il était 21 h 39, et qu'elle ne m'appelait jamais à une heure si tardive, j'ai immédiatement pensé à un décès au sein de ma famille en Algérie.

— Tu es chez toi? Tu es rentrée? Elle me demanda d'une voix pressée.

— À l'instant, pourquoi ?

— Aux infos ils parlent d'une fusillade sur les terrasses de café. Bizarrement, mon cerveau est entré dans le déni.

— Mais ce sont des règlements de compte, non? Entre des dealers ou un autre comme ça ?

— Je n'en sais rien, allume la T.V !

Je me suis exécutée, les infos parlaient de multiples attaques dans trois lieux différents de Paris, des cafés, des restaurants. Quand les journalistes ont annoncé la déflagration au stade de France, j'ai compris qu'il s'agissait d'attentats. Mon cœur s'est arrêté, quand ils ont parlé du restaurant le Petit Cambodge, j'y étais deux jours plus tôt avec des amis et là à deux pas de l'appartement visité trois mois plus tôt. Mon cerveau s'est tétanisé à l'idée qu'un proche y soit.

— Maman, je dois te laisser, je dois m'assurer que mes amis vont bien.

Ma première pensée avait été pour Blanche, était-elle bien rentrée ? Le temps que je l'appelle, les infos ont annoncé la prise d'otage aux Bataclan. Là c'était foutu, ces pauvres gens avaient très peu de chance de s'en sortir, ça allait être un carnage. Au vu des événements précédents, les terroristes étaient déterminés à faire un maximum de morts.

Blanche a décroché à la troisième sonnerie, avant que mon cœur ne lâche. Elle répondit avec un sanglot dans la voix :

— C'est horrible, merde! Putain! Ils ne vont pas s'en sortir vivants, ceux du Bataclan. En plus, on ne sait pas combien ils sont ces mecs, ils tirent à vue dans la rue au hasard.

Je n'ai rien trouvé de réconfortant à dire, je pleurais aussi. J'étais si impuissante.

— Je te rappelle plus tard, je dois vérifier si mes proches vont bien.

Elle raccrocha.

Je pleurais, mais mon connard de voisin faisait une énième fête chez lui, musique à fond, fenêtre ouverte. Son rire débile retentissait dans la cour comme celui d'une hyène. Je n'y tenais plus, je suis allée taper à sa porte, mais personne n'a répondu à cause de la musique assourdissante. Les basses résonnaient comme un marteau-piqueur dans ma poitrine, je tapais encore plus fort, en vain. Je retournai chez moi folle de rage.

J'ai rallumé la T.V et répondu à plusieurs textos pour dire que j'étais bien vivante. Sur Facebook, le bouton « Safe » est apparu pour signifier que l'on allait bien. À une heure du matin, la prise d'otage était terminée, on a annoncé que cela avait fini dans un bain de sang, y compris la mort des assaillants, sans donner le nombre de victimes. Une nuit d'angoisse et d'attente s'ensuivit, de textos envoyés et reçus pour dire qu'on est vivant. Même les ex, qui avaient disparu depuis des mois, m'avaient écrit pour me demander si j'allais bien, tous, sauf Monsieur C. était-il mort? Il vivait à Florence, mais il aurait pu être en visite à Paris. Puis tant pis, je ne lui ai pas écrit non plus.

Il était impossible de s'endormir. À deux heures et demie, le voisin a arrêté la musique.

Les infos parlaient de lourdes pertes, j'avais alors compris que ça avait été un massacre. L'enfer avait ouvert ses portes et laissé les démons danser.

Les terroristes nous connaissaient bien, ils ont visé nos lieux familiers. C'était tellement proche! Cela aurait pu être moi, c'était nous. Une partie de moi s'est alors éteinte à jamais. On avait attaqué Paris, chez moi, mon cocon, et plus rien ni personne n'était en sécurité.

Chapitre 11

Les barbares et les indigents

« Les barbares avaient attaqué Rome, c'était le début de la chute de l'Empire, c'est peut-être aussi la fin pour nous. Il faut tous les éliminer, ces crapules.

Stéphane roule sa cigarette, les cigarettes étant devenues chères, dix euros le paquet, quand on en fume un par jour, c'est un budget. Les cafés étaient vides en ce 14 novembre, nous étions assis en terrasse du Nemours, là où j'étais la veille avant les attentats. Un acte de résistance, pour dire que nous sommes toujours là, vivants.

— Je ne sais pas, c'est peut-être nous les barbares. Quand je t'écoute, avec ton goût de vengeance, la Loi du Talion ne s'applique pas en démocratie, on applique la justice. J'en ai marre de ces hommes violents, vous ne connaissez donc que la violence ?! Ton discours ne vaut pas mieux que le leur.

Il me regarda avec son air désabusé, ses yeux bleus grands ouverts par ses sourcils haussés. Puis en silence, nous avons regardé les touristes hagards qui se baladaient au milieu d'un concert de sirènes de police.

— On ne sait pas ce qu'il va se passer maintenant.

J'ai bu mon chocolat chaud noyé de crème chantilly. Aucun de nos amis n'était mort ou blessé, et pourtant je pleurais. J'étais en deuil, en deuil d'un monde que je ne retrouverais plus. De nombreuses personnes étaient allées déposer des fleurs sur les lieux des attaques et Place de la République.

Je déteste les effusions publiques accompagnées de photos sur les réseaux sociaux en mémoire aux victimes. Je refusais cette forme d'impudeur, et il était hors de question de participer à ce "Collective Porn Émotions.*" Je léchais la crème chantilly de mon chocolat, en réalisant à quel point j'avais de la chance d'être vivante. En réalité, je voulais une vodka, me noyer dans une vodka, plonger la tête la première sans bouteille d'oxygène. Je répondis à Stéphane :

— Après Charlie, on savait que cela nous pendait au nez, ces barbares,
  comme tu dis, ces monstres, sont le produit de nos sociétés, les
  enfants de la France. En tuer un, tu en feras un martyr, et dix
  suivront pour la cause.

— Je les tuerai jusqu'au dernier. Stéphane avait un air menaçant, avec une haine que je ne lui soupçonnais pas.

— Toute cette haine me désespère, je hais la violence, il n'y aura ainsi jamais de paix dans ce monde ?

— Que tu es naïve, il n'y a jamais eu de paix dans ce bas monde, depuis Attila et même avant. »

Je suis restée silencieuse, songeuse. Cela me rappelait trop les événements en Algérie. Plus tôt ce matin-là, après cette nuit blanche à pleurer devant la TV, comme beaucoup d'entre nous, j'avais décidé d'appeler ma grand-mère à Oran pour la rassurer avant qu'elle ne s'affole devant le journal du matin. Elle a décroché au bout de la troisième sonnerie :

— Allô ?

J'essayais d'avoir une voix assurée et à travers ma gorge serrée, est passé un timide : Bonjour Mamie.

— Qu'est-ce qu'il y a ? Pourquoi tu appelles si tôt ?

Elle était calme, toujours debout aux aurores depuis des décennies, elle aimait préparer le café et arroser le jardin, avant que le reste de ma famille, c'est-à-dire mon grand-père, mes oncles et tantes ne se lèvent. Je l'imaginais moudre les grains de café dans la cuisine. J'ai pris une grande inspiration, « Paris a été attaquée, des terroristes ont tiré sur des cafés, des restaurants et ont pris en otage une salle de concert. C'était un massacre, tu sais comme en Algérie pendant les événements... » Jusque-là, je n'avais jamais fait allusion à la guerre civile qu'ils avaient traversée, car eux-mêmes n'en parlaient jamais. Je ne savais pas vraiment ce qu'ils avaient vécu et je ne voulais pas réveiller des blessures.

— Quelle horreur, mais pourquoi ta voix tremble ?

— Parce que j'ai peur Mamie, il y en a un encore en cavale.

Un long silence est tombé entre nous comme un mur, si lourd, qu'un instant j'ai cru la communication coupée. Puis je l'ai entendu inspirer et me dire d'un ton solennel,

— Ma petite-fille n'est pas une femme qui a peur.

Sa voix était grave, comme une injonction impérative, une voix de colonel d'armée qui remonte ses troupes. D'un coup d'un seul, cette phrase m'a fait me redresser, le dos droit, tête haute. C'est vrai, je ne devais pas avoir peur.

— Tu sais ma fille, ce sont juste des voyous, des lâches. Nous avons eu les mêmes ici, des petits garçons perdus qui jouent à la guerre, mais ils restent des petits voyous, il ne faut pas en avoir peur. Maintenant tu continues ta vie comme avant.
— Oui chef! Bisous Mamie.
J'ai raccroché, il n'y avait rien à dire de plus. Soudainement solide, j'ai voulu sortir boire un café comme d'habitude et c'est pour ça que j'ai appelé Stéphane, qui avait accepté sans hésiter. Ma grand-mère avait raison. Je ne lui connaissais pas cet aspect-là, pour moi elle était douce, faisait des gâteaux et s'inquiétait si ses enfants étaient malades. Une mamie comme toutes les autres, mais j'avais oublié que c'était une femme avec un passé difficile, qu'elle ne mentionnait jamais. Elle avait connu la Guerre d'Algérie, elle avait vingt ans et était déjà mère de deux enfants lors de l'indépendance en 1962. La vie fut ensuite plus douce, plus paisible, en surface du moins, jusqu'à l'arrivée des islamistes. Elle avait alors connu la guerre civile, où il était impossible de savoir qui massacrait qui une fois la nuit tombée. Au matin seulement, on retrouvait des villages entiers, et même à Alger, des femmes et des enfants égorgés. Si c'était le Groupe Islamiste Armé, une milice, le Gouvernement ou vos voisins, cela n'avait plus d'importance, c'était le règne de la peur. Une décennie durant laquelle je n'ai pas vu mes grands-parents ni le reste de ma famille. Depuis Paris, l'Algérie était devenue terrifiante, pour ma mère il était hors de question d'y retourner, même pour les vacances, même si Oran avait été moins touchée. Pendant ce temps, jamais ma grand-mère, Mâ Dalton, comme l'appelle ma mère — et je comprenais enfin pourquoi — jamais Mâ Dalton, n'avait montré de panique, ou n'avait appelé ses enfants en Europe pour dire qu'elle avait peur. Alors j'allais faire pareil. Mais d'où pouvait bien lui venir cette force? J'ai eu alors un flash-back : je n'avais jamais vu les femmes de ma famille pleurer, même pour leurs morts. Chez nous, on dit « on ne fait pas de cinéma.» Pour- tant ils vivaient un peu dans un Western, avec des flingues sous la cuisinière. Les femmes algériennes sont fières et fortes, alors qu'on nous dit brutes ou sauvages. Je déteste cette appellation.

La pudeur n'empêche pas la douleur au fond de leur cœur, je le sais. La fierté est dans leur ADN.

Moi, la petite Française qui a grandi à Paris, élevée au Nesquik, poissons panés, coquillettes au beurre, aux Pépitos et Kinder, j'étais trop sensible, bercée par la douceur de vivre occidentale, dans l'opulence et la paix. Je ne connaissais ni la faim ni la guerre ou la violence. Endormie par l'illusion d'une paix pérenne, l'illusion que ces choses-là ne pouvaient pas arriver chez nous, en France. Lors de mes études, j'avais lu « La Fin de l'Histoire» de Francis Fukoyama, un économiste politique, selon lequel la démocratie aller triompher et la paix survenir dans le monde, car les démocraties ne sont pas la guerre. Quel mirage !

Et pourtant c'était arrivé, nous nous étions juste assoupis, mais la guerre était déjà là. En 1995 dans l'attaque du RER C, la même année dans le détournement du vol Alger — Paris, puis le 11 septembre. On s'était tous endormis, mais ils étaient là, les hommes pleins de haine. Ils ont tiré hier dans mes rues sur des passants à Paris. La mort ne fait pas de différence entre les privilégiés, les biens nourris et les autres. Voilà, échec et mat, tous à la même enseigne. Alors on peut pleurer, mettre des gerbes de fleurs, marcher, hashtaguer « Fluctuact Nec Mergitur,» ce qui veut dire, « battu par les flots, mais ne sombre jamais. »

Nous sommes tous égaux devant la mort. Alors en l'attendant, on va vivre, mais vivre debout, digne et fier. Je n'aurai plus peur, mais je ne serai plus insouciante. Paris sentait la poudre, les cendres et la mort. Je me suis endormie au son incessant des sirènes et des hélicoptères à la recherche du dernier suspect en fuite. Je me suis réveillée avec un regard nouveau, rien n'avait changé, mais enfin je voyais. Sur la route en direction du café avec Stéphane, le chemin que j'avais pris la veille et l'avant-veille, pour la première fois, je les voyais, ces indigents, dormir par terre, en bas de chez moi jusqu'à la station de métro Brochant, j'en avais compté huit. Je ne me souvenais pas avoir vu autant de SDF à Paris, j'étais choquée de voir cette nouvelle pauvreté mettre à la rue des jeunes en pleine santé, y compris des jeunes femmes. Une femme de vingt ans, peut-être moins, avait un enfant dans les bras sur les marches du métro. Je lui ai dit bonjour en lui souriant, en me disant que là commençait la dignité humaine, en leur reconnaissant une existence.

Paris, la plus belle, la plus riche des villes du monde, la Ville lumière, était peuplée d'indigents, et maintenant de barbares. Peut-être que c'était nous les instigateurs de cette violence et de ce désespoir.

Chapitre 12

Rendre l'âme

Puisqu'un goût de poudre et de sang flottait dans l'air parisien, le temps de l'innocence était bel et bien terminé. Les camions blindés de la BRI sillonnaient la capitale. Des militaires armés patrouillaient dans les rues. Les sirènes n'arrêtaient pas de hurler. Que faire quand on ne croit plus en l'humanité? Plus en rien ? Mon vague à l'âme était devenu un tsunami d'émotions.

La nuit du 13 novembre, je m'étais assurée que tous mes amis, connaissances et proches allaient bien. Une seule amie n'avait pas répondu à mes appels, ce qui m'avait valu une nuit d'angoisse, à m'imaginer tous types de scénarii sur sa mort. Maude était avocate pour un cabinet d'affaires avenue Hoche, où elle travaillait depuis cinq ans. La semaine précédente, nous étions allées ensemble à la soirée d'Amundi, une boîte d'investissement, pour l'avant-première du dernier James Bond. Une soirée d'investisseurs à laquelle j'étais invitée grâce à mon précédent statut de gérante de portefeuilles. Je gardais de bonnes relations avec mon ancien entourage du milieu de la finance pour y présenter mes services d'accompagnement au mécénat culturel. Maude était Franco-Suédoise, droite et vive, mais parfois d'une froideur scandinave. Dîner avec elle pouvait être un cauchemar, puisqu'elle ne supportait pas les épices. Il fallait donc éliminer les spécialités que j'appréciais : indienne, sénégalaise, libanaise, ou mexicaine. Du coup, elle et moi, nous nous retrouvions régulièrement pour dîner au Roi du Pot au Feu, rue Vignon dans le IXe, à deux pas de la Madeleine. Elle finit par me rappeler à 6 heures du matin.

— Je viens juste de rallumer mon téléphone, tout va bien? Pourquoi tu m'as harcelée de messages ?
— Putain Maude, tu abuses, j'étais folle d'inquiétude, avec tout ce qui s'est passé, j'ai pensé au pire... J'ai pensé que tu étais... enfin bref, je suis soulagée que tu ailles bien !

— J'ai bossé toute la nuit, j'ai raté quoi ?
Je lui ai fait un débriefing heure par heure. Puis les larmes sont remontées comme un torrent.
— Mais pourquoi tu pleures ? C'est un drame, je suis d'accord, mais je ne comprends pas pourquoi ça te touche autant si personne que tu connais n'est mort.
Je n'avais aucune réponse à cette question.

Sa réaction froide face aux événements me laissait sans voix, cependant sa question avait soulevé un point qu'il me fallait élucider : pourquoi ces attentats m'avaient tant émue ? L'ensemble du pays avait été touché, marqué, choqué, et chacun réagissait différemment selon son degré d'empathie ou d'émotivité, je l'entends, mais je pleurais toujours à chaudes larmes encore les deux mois suivants. Je revivais un traumatisme, mais je n'arrivais pas à savoir de quoi il s'agissait. Je n'avais pas connu les affres de la guerre, ou du terrorisme, mais mon esprit en portait les stigmates. Je ne dormais plus la nuit et quand enfin je m'écroulais de fatigue, des cauchemars de guerres et de cendres hantaient mon sommeil.

Le lundi suivant, les journaux avaient publié la liste des victimes sur leurs sites internet, j'ai appris alors qu'une collaboratrice d'Amundi, Marie-Aimée Dalloz et son compagnon étaient morts à la Belle Équipe. Elle était certainement présente à la soirée où j'étais également une semaine plus tôt. Je ne la connaissais pas, et ne l'avais pas saluée, ou pris le temps de m'arrêter pour lui dire bonjour, j'étais prise dans les mondanités au milieu de ce concours d'égos et d'échanges de cartes de visite. Comme cela semble dérisoire maintenant. J'ai appelé Maude pour lui dire. Je tentais également d'expliquer ma visite de l'appartement à côté du Petit Cambodge trois mois auparavant :
— Encore une fois, l'univers tricote un lien avec moi et ces attentats.
Maude était égale à elle-même, impassible, elle me dit :
— Bon c'est triste d'accord, mais on ne la connaissait pas plus que ça, puis il ne faut pas voir des signes partout. L'univers ne tricote rien ; c'est un chaos et des coïncidences. En revanche, je n'imagine même pas

la douleur de leur famille, sortir boire un verre pour prendre une balle dans la tête parce qu'on est au mauvais endroit, au mauvais moment, c'est horrible de mourir bêtement comme ça, tu ne penses pas ?

— Oui je ne peux pas imaginer la souffrance des parents ou de leurs enfants. Tu as raison, l'univers est un gros bordel d'astéroïdes, d'étoiles et de poussières, rien n'a de sens. Et mourir bêtement, je ne sais ce que ça veut dire de toute façon, il n'existe pas de mort intelligente.

L'année 2016 débutait et elle s'annonçait comme un profond désarroi face à un monde qui partait en couilles. C'était un sentiment de vide, de non-sens de la vie. Cela devenait vital de mettre de la distance entre moi et le reste du monde, de garder mon petit cœur au chaud, pour qu'il ne souffre plus. Ainsi j'ai eu un élan extrême pour profiter de la vie à tout prix, de croquer tous les plaisirs à pleines dents et brûler la chandelle par les deux bouts. Avant j'étais à moitié vivante, raisonnable, prudente. Je vivais avec une « demi-molle», comme un de mes ex, mais ceci est une autre histoire... Il fallait prendre ma revanche sur la mort, ne pas avoir de regret. Alors j'ai commencé à vivre fort, chercher l'imprévu, l'aventure, l'adrénaline.

Ma transition avait commencé par un changement de parfum, je ne pouvais plus porter Eau Fraîche de Chloé, cela me rappelait trop la nuit des attentats. Je n'ai plus jamais appelé Maude, elle était froide et sans âme. J'ai voulu ensuite me débarrasser de mes biens matériels : j'ai donné beaucoup de vêtements, trié mes affaires, et décidé de vivre dans le minimalisme. J'ai donné mes couvertures aux SDF de mon quartier, des baskets et chaussettes aux réfugiés. Un jour de janvier 2016, Blanche est passée chez moi, constatant que je vivais dans le dénuement, elle me donnait régulièrement des vêtements et autres babioleries, car elle pensait que j'étais pauvre ou pingre. Cela devenait infernal, plus je donnais et plus je recevais. Alors, je finissais par donner l'intégralité à Emmaüs, et aux Petits-Frères des Pauvres. Un geste de bonté ? Non, mais j'avais besoin de désencombrer mon studio de 24 m^2 et ma tête pour y voir plus clair, si cela rendait service aux autres, alors ce n'était qu'un effet secondaire. Je tiens à rappeler que je suis misanthrope tout de même. Je faisais sans doute ça aussi par culpabilité. J'étais coupable, mais de quoi? Un juge inconscient me répétait que je devais être reconnaissante, rendre à la société, rendre aux autres. RENDRE. RENDRE QUOI ? On dit rendre l'âme quand on meurt, moi je voulais rendre de l'âme dans ce monde pour y vivre.

Chapitre 13

Vivre et se perdre

Mon studio était devenu ma cage à philosopher sur le sens de la vie, alors il fallait arrêter, oublier, ainsi je me suis mise à sortir, à danser, puisque demain n'existait plus. Je ne disais plus « non » aux sollicitations de sorties. Je naviguais de fête en fête comme disait Jacques Brel dans la chanson « l'Amour est mort.» J'étais de tous les dîners, week-ends, et pots de départ. Si je devais prendre une balle, autant arriver en enfer avec un verre à la main.

C'est lors d'une de ces nombreuses soirées que j'ai rencontré Sophie, une brune aux yeux noirs et aux airs de peste. Elle me donnait une sensation de déjà vu, j'avais l'impression de toujours l'avoir connue. Nous étions à une soirée où nous ne connaissions personne. Tout avait commencé pour le pot de départ d'une fille, Alice ou Aline, que je connaissais du boulot, qui partait vivre en Thaïlande. Sophie était là aussi dans ce bar rue Ramey au pied de Montmartre. Tous les invités écoutaient le discours de la principale intéressée qui remerciait tout le monde d'être venu.

Seule Sophie était restée engluée au bar. Elle m'a regardé, je lui ai souri et dit :

— Tu ne vas pas écouter le discours d'adieu?

— Non, on s'en fout. Je préfère profiter qu'il n'y ait personne au bar pour enfin siroter plus de cocktails. Je prends un Moscow Mule, et toi? Elle leva la main pour interpeller le serveur.

— Bah deux Moscow Mule alors. Tu connais bien Aline? Ma voix était montée dans les aigüs, j'essayais de couvrir le bruit du bar.

— C'est Alice… On a bossé ensemble sur un projet pour soutenir des start-ups françaises en Asie. Vu que tu ne connais pas son nom, j'imagine que tu ne la connais pas bien.

Le serveur apporta nos verres. Nous avons trinqué « à Alice! »
— C'est une connaissance. Ça doit être génial de bosser sur ce type de projets !
— Non c'est du bullshit total. Beaucoup de léchage de bottes et de politique. Sophie touilla sa paille, nonchalamment, absente.
— On dirait que tu décris mon job dans la finance, lui dis-je.
J'ai sorti mon portefeuille pour payer mon cocktail, Sophie m'a regardé :
— T'es pas sérieuse meuf, range ça !
Je n'ai pas compris. Elle expédia le serveur, qui hocha les épaules. Puis elle se retourna vers deux mecs de la soirée, qui parlaient à côté de nous.
— On se fait chier nous, et vous faites quoi vous ?
Un des deux était un brun frisé en pull cachemire, des lunettes et un air de parisien sorti du bureau. Il nous regarda, puis sourit.
— Nous? On va à l'anniversaire d'un pote, Julien. Et on part bientôt.
J'ai fini mon verre et leur ai dit :
— Et nous, on peut venir à l'anniversaire de Julien ?
Sophie m'a souri, complice.
— On bouge ?
Après vous, mesdames. Sophie lui tendit la note qu'il paya sans broncher. Je n'aurais jamais osé faire ça, mais Sophie pouvait et ça marchait. Elle avait un pouvoir hypnotique sur certaines personnes.
Et nous voilà partis tous les quatre dans un Uber, direction le VIe, Mabillon. Nous avons fait les présentations en bonne et due forme pendant le trajet. Antonin, le brun au pull cachemire, bossait dans la pub, chez Young & Rubicam et Pierre son ami était avocat. Nous sommes arrivés dans un triplex, un ancien atelier d'artiste au fond d'une cour, la hauteur sous plafond était démentielle, avec de larges verrières. Il y avait des petits Balloons Dogs de Jeff Koons, j'ai toujours détesté cet artiste.
Nous nous sommes esquivées et fondues dans la soirée, visant le cœur du salon qui servait de piste de danse. Sophie et moi étions en jean et baskets, et en jean et bottines plates, et nous détonnions, au milieu des autres filles en talons hauts et robes moulantes.

Antonin et Pierre, malgré nos mauvaises manières, nous ont apporté deux coupes de champagne. Ils nous regardaient danser, sauter et chanter, avec un air amusé.

Julien, le Birthday boy, aux airs de Clovis Cornillac, a fini par nous repérer et s'est retourné vers eux :
— C'est qui les deux furies ?
Antonin, fier de sa surprise.
— C'est Sophie et Halima.

Nous lui avons alors fait des coucous en continuant de danser sur Work Work Work de Rihanna.
Julien sourit.
— Et bien, plus de champagne pour les reines de la piste !

Tout a roulé jusqu'au moment du gâteau, où Sophie en a trop fait en portant le gâteau à Julien, et moi qui lui avons souhaité un joyeux anniversaire avec une bise pleine de tendresse sur la joue. Julien fêtait ses trente ans, un bon gaillard du Sud-Ouest, un brin saoul, mais toujours lucide, il leva un sourcil et nous jeta
« Mais sérieux, vous êtes qui vous ? »

J'ai répondu « Nous? Bah on est les pique-assiettes ! » Il sourit
« Très bien. Ça me rassure, j'ai cru que vous étiez des copines de ma sœur, elle invite toujours des bolos de sa fac de philo que je n'aime pas. »

— Ah non, on n'est certainement pas des philosophes, on se faisait chier dans un bar et on a tapé l'incruste avec Antonin et Pierre. De pures opportunistes plutôt.

— Et comme vous avez bien fait... Julien attrapa Sophie par la taille et lui remplit sa coupe de champagne.

Sophie a célébré chaleureusement l'anniversaire de notre hôte ce soir-là en couchant avec lui plus tard dans la nuit. Elle me faisait rire, elle était aussi cynique que belle. Il me semblait impossible de trouver aussi je m'en-foutiste et nihiliste que moi, jusqu'à ce que je la rencontre. Nous sommes devenues amies, et fait de l'année 2016 un trou noir, un tourbillon. Je ne rentrais chez moi que pour me doucher et dormir quelques heures, si pour Ernest Hemingway « Paris est une fête,» pour nous 2016, Paris fut un long After.

Sophie voulait vivre à fond sans réfléchir. « Il faut goûter à tous les plaisirs de la vie, boire, baiser, ne pas mourir bête »

Le cœur sur la main, elle finissait souvent la main dans les caleçons de ces messieurs. Je me tenais à distance, en observatrice, je savais que Sophie souffrait comme moi, d'une blessure profonde. Elle disait qu'elle avait juste envie de profiter de la vie parisienne, avant que Paris ne finisse comme Beyrouth.

Comme mon cœur souffrait à chaque fois que quelqu'un comparait les villes arabes au chaos et à la guerre !

Sophie noyait le poisson, noyait ses soucis dans cette soirée, mais nous étions semblables, elle avait un secret, un traumatisme. Aux yeux des autres, elle brillait, mais je la voyais transparente, fragile, mélancolique. J'avais une sensation de déjà vu, car elle avait ce regard particulier, que je reconnaissais parmi tant d'autres, cette fêlure que je reconnaissais. La fêlure de ceux qui ont vu le côté sombre de la vie, ceux qui sont encore là, vivants, mais meurtris à l'intérieur. Elle faisait illusion, elle ne se cachait pas derrière un paravent, mais derrière un château fort.

Un soir, en début d'une énième soirée chez Julien, celui-ci m'avait prise à part pour me montrer une surprise dans la cuisine; des lignes de coke, juste à côté des sushis qu'on allait déguster plus tard. Il était vraiment très fier et heureux de nous faire plaisir.

— Je suis déjà bien, merci. Je tentai de refuser poliment, mais Julien sembla offusqué.

— Non, mais ça va te faire du bien, une ligne ou deux. En plus, dans une heure, y a mon pote Adrien qui va venir mixer ici, après on se prendra de la MD, tranquille, pour kiffer le son et tout. Ensuite j'ai un peu de kétamine pour une descente en douceur. Tu bois de l'eau et demain tu ne sentiras pas trop le contrecoup. Je t'assure que tu n'auras pas une mauvaise descente. J'ai fait ça plein de fois, je sais ce que je fais Halima.

Il en parlait comme un pharmacien qui vous recommande un remède contre la toux.

— Julien, je t'assure, je peux m'amuser sans. Lâche l'affaire, je peux kiffer la soirée sobre, lui répondis-je.

Entre-temps, Sophie avait passé la tête par les portes battantes type saloon de la cuisine de Julien. Elle décida d'intervenir :

— C'est pas la question, ça va t'ouvrir de nouvelles perceptions de la réalité, sentir de nouvelles vibrations, tu vas enfin te détendre, toi qui es constamment sur tes gardes, t'es chelou, on ne va pas te faire du mal. Puis qui refuse de la C, de la MD et de la Keta gratos? Tu te rends compte combien ça vaut ? Julien est bien gentil de nous en offrir.

Elle prit une ligne de C, puis chaparda un tiger-sushi du plateau avec une moue enfantine.

— Tu vois Julien, moi j'apprécie tes petites douceurs.

Julien sentit l'ambiance changer et s'éclipsa sur la pointe des pieds.

— Je t'assure là je suis bien, merci.

Je montrai une infinie gratitude pour ne pas la vexer.

— Tu fais chier, on ne t'a jamais vue défoncée, me lança Sophie.

— Ça te ferait quoi? Tu te sentirais moins seule dans ton autodestruction ?

— Va te faire foutre Halima.

— Toi Sophie, va te faire foutre! Je dois me défoncer pour tomber avec toi? Qu'est-ce que tu veux? Que je me mette minable, comme ça tu pourrais te sentir moins seule dans l'autodestruction ?

Il fallait que ce soit dans cette cuisine, au milieu des sushis et de la coke, que je pense que notre amitié ait pris un tournant et nous avons plongé dans nos eaux troubles. Comme deux cowboys, d'un bout à l'autre de la table, impossible de savoir laquelle des deux allait dégainer en premier. Puis elle s'est lancée :

—Au moins, je me montre vulnérable, toi tu ne montres jamais rien. Tu es aussi boulimique de rencontres, de soirées, et de sensations fortes. Au moins, moi, je sais pourquoi; mon frère est mort quand j'avais six ans, dans un incendie, j'ai survécu, pas lui. Voilà, toi tu te caches, tu te blindes, tu joues l'insaisissable, la détachée, mais toi aussi tu te sens comme moi, une damnée de la terre.

Bam, elle avait dégainé et sa balle m'avait touchée en plein cœur. Mes larmes qui ne montaient plus depuis des mois, coulées sous le béton du déni, remontèrent comme de la lave. Une larme coula sur ma joue, puis entre deux sanglots, je murmurai :

— Avoir une mère schizophrène, qui vous dit que le diable lui susurre des obscénités à l'oreille, ça vous calme. Moi, je ne tiens pas à ouvrir les portes de l'enfer, ni à parler au diable.

Nous étions restées muettes un long moment, puis elle m'avait tendu la main pour pouvoir m'enlacer. Nous avions pleuré comme les petites filles que nous étions au fond. La révélation de nos secrets avait dû la troubler, car ce soir-là, elle avait bu plus que d'habitude avant de terminer inconsciente sur le lit de Julien. Je l'avais trouvée là quand j'avais pris mon manteau posé sur le lit avec tous les autres. Je lui avais fait une bise sur la joue et j'étais rentrée à pied dans les rues vides de Paris, laissant le vent voler mes larmes.

Chapitre 14

Perte de Boussole

Si ces révélations nous avaient rapprochées à un niveau plus sincère et profond Sophie et moi, elles nous avaient cependant éloignées au quotidien. Nous faisions la fête ensemble moins souvent. Il me semble plus aisé de se confier à des inconnus que l'on ne reverrait jamais parce que c'est libérateur et on ne se sent pas jugé. Mais un poids s'était installé entre nous, celui de la vérité, lourde et épaisse. Il n'était plus question de faire semblant l'une avec l'autre. Comme deux prestidigitatrices, nous faisions illusion face à une audience, mais il était devenu difficile d'être en représentation au même spectacle.

Sophie avait couché avec tous les potes de Julien, pas tous en même temps, mais par un, deux ou trois, au fur et à mesure des week-ends, voyages et soirées passées ensemble. Tout ce joli monde se goûtait, s'échangeait, et s'aimait intensément. Sophie, vite lassée, a fini par approcher les filles du groupe, « pour ne pas mourir bête » et lors du festival de Dour, sous MD, entre deux sets, elle eut une aventure avec la fiancée de Julien, car oui, il était fiancé depuis le début. Il nous avait présenté le plus naturellement du monde Emilie après avoir couché avec Sophie. Emilie, de nature sage et traditionnelle, fut bouleversée par cette expérience avec une fille. Elle aurait eu plusieurs orgasmes, selon le récit que m'en avait fait Sophie, victorieuse :

« Emilie s'est rendu compte qu'elle pouvait jouir sans mec, sans avoir à partager le quotidien avec un mâle, subir la domination masculine, ni voir sa belle-mère le dimanche pour des déjeuners chiants, et le poids du patriarcat »

Ainsi, un doute s'installa dans l'esprit de l'innocente Emilie quant à son épanouissement dans une relation monogame hétérosexuelle.

Julien a su rassurer sa dulcinée en lui offrant la possibilité de poursuivre ses expériences quand elle le souhaitait, mais à trois. Il n'était pas bête ce Julien. Le contrat était clair, ils pouvaient faire l'amour avec une autre personne, de préférence une fille, à condition d'être tous les deux d'accord et en toute transparence, sans secret. Elle accepta.

Nous nous sommes tous rendus à leur mariage au Cap-Ferret, un week-end sur le thème du Jazz. Après la mairie, comme il était devenu ringard de se marier à l'église, il y eut une cérémonie laïque orchestrée par Gauthier, le meilleur ami de Julien. Lors du cocktail, j'ai rencontré la mère du marié, Maryse, une femme d'environ soixante ans avec bijoux africains autour du cou. Quand je lui ai dit que j'étais algérienne, elle me répondit :

— J'adore le Maroc, je reviens juste de Tanger! C'est magnifique. Tu connais ?

— Ben non... mais je l'ajoute à ma liste.

Malgré sa maladresse, je l'ai trouvé sympathique. Elle parlait vite, au bout de la sixième coupe de Ruinart Blanc de Blanc, elle m'a confié avoir participé à une cérémonie chamanique, quelques mois plus tôt, lors de son voyage en Amérique du Sud.

— Tu as l'air mignonne, mais je ressens une force émanant de toi, une belle énergie, d'ailleurs, ça me ferait plaisir que tu viennes à ma prochaine soirée d'Ayahuasca pour élever ta conscience et te révéler.

À la douzième coupe, elle m'avoua avoir couché avec Gauthier, l'ami et témoin de son fils, mais je devais garder le secret. C'en était trop pour mes oreilles innocentes, too much information.

— Tu as l'air discrète et digne de confiance. Tu as rencontré mon neveu ? Il est célibataire, il gère l'hôtel — restaurant de ses parents à Bordeaux. Prends mon numéro, il faut qu'on se revoie !

— Je ne suis pas sûre pour votre neveu, mais avec plaisir Maryse pour se revoir.

Nous étions en juin 2016, et à table tout le monde parlait du Brexit. Ce fut un choc, pour la plupart d'entre nous cela était inconcevable, jamais un pays n'était sorti de l'Union Européenne. Cela allait changer tellement de choses, Londres comptait plus de cent mille Français y résidant de manière permanente.

Le neveu de Maryse, Gauthier, faisait partie d'un groupe de discussion qui s'était formé spontanément après que les notifications de téléphones se sont mises à biper. Il trouva utile de partager son opinion :

— Oui, mais c'est normal, avec tous les migrants illégaux, les Britanniques en ont eu marre. Au moins comme ça, ils pourront maîtriser leur politique d'immigration. On devrait peut-être faire pareil ici…

J'allais intervenir quand Sophie m'attrapa par le bras, m'emmenant sous la pergola installée à l'arrière de villa avec vue sur la mer. Intitulée pour l'occasion « John Coltrane, » un de mes musiciens de jazz préférés. Elle portait une robe crème au dos nu qui laissait rêveurs tous les hommes mariés, mais elle s'en fichait. Elle regardait Emilie avec des yeux brûlants en sirotant sa coupe de champagne. Sophie me dit sur le ton de la confidence :

— Meuf, putain, on vient de se faire une session de bisous doux dans la salle de bain avec la future mariée… Elle a du mal à se lâcher…

Sophie ensuite resta songeuse.

Le dîner servi, je lui parlais de l'invitation ayahuasca de Maryse et sans surprise, Sophie me dit qu'elle avait déjà essayé :

« C'est un mélange de deux racines qui proviennent de la forêt Amazonienne. Maryse avait fait venir un chamane du Pérou, qu'elle avait rencontré lors de son voyage initiatique. Depuis, elle tient absolument à faire découvrir la culture quechua à ses amis. Le chamane est venu avec deux de ses amis, ils ont chanté et joué de la musique méditative. On était une dizaine dans le salon de Maryse, assis en cercle autour du chamane, chacun avec un seau et un matelas, puis il nous a fait goûter la décoction magique. Ils nous avaient conseillé de jeûner avant, car au début ça donne envie de gerber. Je t'assure, j'ai jeûné un jour avant, mais j'ai quand même vomi, ça fait sortir le mal il parait. Après tu t'allonges et tu tripes total, au début je me suis vue sortir de mon corps, monter au ciel, quitter la Terre et je voyais l'univers, j'avais des hallucinations, puis je me suis retrouvée dans ma salle d'école à l'âge de six ans. J'ai ensuite dormi puis je me suis réveillée avec la sensation d'avoir décuplé mes sens et d'utiliser plus de capacités de mon cerveau. Une expérience qui m'a transformée, je veux le refaire. Je viendrai avec toi si tu veux, comme ça je m'assurerai que tout se passe bien. »

Une charmante proposition que j'ai déclinée poliment. Après le dessert, Sophie m'annonça :

— Bon je vais féliciter les mariés, voir si Emilie pourrait avoir envie d'un petit câlin, visiblement Julien est déjà trop bourré pour honorer sa femme ce soir.

J'ai éclaté de rire :

— Vous êtes tous ouf ma parole... !
— Pourquoi tous ?
— Laisse tomber. Je m'esquivai sur la piste de danse.

Le DJ passait un morceau du groupe Queen, « Don't Stop me now » et Gauthier en me voyant m'invita à danser. À la fin d'un rock maladroit et interminable, il se présenta :

— Je suis Gauthier, le cousin de Julien. Et toi ?
— Halima Saadoun, issue de l'immigration.

Plusieurs mois après leur mariage, Julien et Emilie ont déménagé à Berlin, où Julien avait décroché un poste de Business Developer dans une start-up de paiements digitale, BizDev dans la Tech, en version courte. Emilie était graphiste freelance, alors elle pouvait travailler n'importe où. Ils n'avaient pas besoin d'apprendre l'allemand; tout le monde parlait anglais et la ville était devenue l'eldorado des expats, car elle offrait une vie culturelle riche, des loyers abordables et aussi des parcs où l'on peut se balader nu certains dimanches, des concerts, et des clubs. Puis la vie y était moins chère qu'à Paris.

Emilie n'arrêtait pas de poster des photos sur Instagram de musées, de galeries d'art, de parc et de balades à vélo. Tous nos amis leur avaient rendu visite, pour voir le parc nudiste et surtout pour passer une nuit à Berghain, le plus grand club électro du monde. J'étais la seule à ne pas leur rendre visite, car je n'avais pas d'intérêt particulier pour le voyeurisme ni pour danser au son des basses pendant seize heures d'affilée au Berghain. J'avais envie de découvrir Berlin seule, en me disant que j'irai un jour, sans forcément loger chez eux, afin de profiter de la ville à mon rythme, tranquillement.

Les mois passaient et j'ai décliné toutes les invitations de Julien, jusqu'au jour où Emilie m'appela pour m'annoncer qu'ils avaient longtemps discuté de leurs expériences et découvertes. Notamment la vie de « trouple» ou couple à trois, et qu'ils m'avaient choisie pour partager leurs nouvelles aventures conjugales.

« Nous avons tous les deux craqué sur toi, alors viens pour un week-end, on verra si le feeling passe. »

J'étais flattée, on ne m'avait jamais fait une proposition de « trouple». Mais moi je n'avais pas craqué sur eux et un plan à trois ne faisait pas partie de mes envies. Plutôt que de me mettre en concubinage à trois, j'ai déserté ce groupe de joyeux lurons pour aller me faire un voyage en solitaire pendant un mois en Asie. J'ai pris mon sac à dos et j'allais grimper le Volcan Kawa Ijen en Indonésie, un volcan à lave bleue, sur l'île de Java. J'avais besoin de me retrouver, après m'être perdue.

Chapitre 15

Place des Victoires

Tous les amis de Sophie venaient des mêmes écoles ; HEC, ESSEC, Science Po etc. Ils se connaissaient depuis dix ans ou plus, étaient tous enfants de bourgeois ou d'aristocrates sans le sou, royalistes ou révolutionnaires écolos, tous sympathiques et généreux, mais ce cercle pouvait devenir étouffant. Encore plus depuis mon retour de Thaïlande, où j'avais rencontré des personnes chaleureuses et en toute simplicité, que ce soit dans le tumulte de Bangkok, le calme des rizières de Chang Mia ou sur l'île de Koh Samui. En rentrant à Paris, comme ce petit monde fréquente les mêmes endroits, le Palais de Tokyo, le café la Palette, la Gaité lyrique, le Mama Primi, je recroisais Sophie ou ses amis et je me retrouvais de nouveau dans les invitations Facebook ou les groupes WhatsApp pour faire la fête.

Je faisais partie de cette élite, puisque j'avais étudié à la Sorbonne, vécu à l'étranger, parlais plusieurs langues, et vivais non loin des Batignolles, un bon quartier. Surtout je parlais leur langue, je maîtrisais les codes et j'étais ainsi des leurs.

Mais aucun d'entre eux n'était conscient de pratiquer de l'endogamie sociale. Ils étaient l'illustration de la reproduction d'une élite. Sophie avait couché avec chaque personne dans le groupe, y compris les filles. Elle tenait à partager avec moi ces expériences :

— Quand j'ai embrassé Bérénice, j'ai eu l'impression d'embrasser un petit chat, mais alors avec Emilie, c'était plus intense. Tu n'as jamais voulu essayer avec une fille ?

— Jamais, moi j'aime que la saucisse, lui répondis-je. Tu te crois transgressive avec tes expériences, mais finalement tu te tapes toujours le même style de personnes, blancs, classe moyenne supérieure; grandes écoles, cadres. Tu fais de l'ostracisme de classe au pied.

— Peut-être. Tiens, d'ailleurs, en parlant de saucisse, Martin n'arrête pas de me parler de toi. L'autre jour au lit, il a mentionné ton nom. Tu lui plais beaucoup, pour une relation sérieuse...
— L'idée que mon nom soit survenu durant vos ébats me perturbe... Je préfère ne pas le savoir. J'ai fait une grimace pour signifier mon dégoût.
Elle éclata de rire, et me resservit de la sangria. Nous dînions au Farago, un bar à tapas rue des Petites Écuries.
— Si tu savais ce que tu suscites comme intérêt! Comment as-tu pu refuser la proposition de Julien et sa femme? Elle est tellement belle et douce puis lui, il tient la route en plus... Ils t'aiment sincèrement je pense, si t'avais essayé l'ayahuasca, ça t'ouvrirait peut-être l'esprit. Moi je m'en fous, tu peux coucher avec mes ex, que je ne les considère même pas comme des ex d'ailleurs, chacun est libre de faire ce qu'il veut. Tu risques de passer à côté de belles histoires avec de telles limites.
— Non merci, l'océan est assez grand pour que j'aille pêcher ailleurs. C'est un peu dingue de devenir un fantasme quand on est hétéro, monogame, drug-free et qu'on préfère lire des livres plutôt que d'aller clubber? Ce monde est fou.
— C'est ton côté « Normie, » dans la norme, la convention. Le Dernier des Mohicans d'une certaine façon... Tu cherches quoi chez un mec ?
— Je ne cherche pas de mec, mais si je rencontre quelqu'un, je ne sais pas, il doit avoir le truc.
Sophie se mit à chanter Jacques Dutronc en tapant la mesure avec les mains sur la table : « Moi, j'ai un piège à fille, un piège tabou... »
Je m'enfonçai la tête dans les mains de honte.
— Au secours...
Un couple d'une soixante d'année, assis à côté de nous, lui a lancé des regards désapprobateurs.
— Tu me fatigues. Oui, bien sûr... « Un joujou extra qui fait Crac-Boom-huuu ! »
Nous avons chanté en chœur, avant de terminer ensemble dans un fou rire. J'en ai renversé mon verre de sangria, et ri de plus belle.

Nous avons payé et quitté le restaurant avant que le serveur ne décide de nous bannir à jamais.

Sophie avait raison sur un point, j'avais envie de vivre le frisson, l'aventure. Alors je me suis lancée sur les applis pour rencontrer de nouvelles personnes. Un dimanche d'ennui, j'ai matché sur l'application Tinder avec un Timothée, la trentaine, cadre dans le médical, joueur de guitare et qui avait fait du bénévolat en Afrique. Oui, un peu cliché, mais j'avais craqué sur son air innocent et un regard plein de profondeur.

Il était midi, j'étais encore au lit, et je voyais ces applications comme un moyen de faire des rencontres, sans aucun enjeu. Je n'étais pas là pour me marier ni rencontrer le prince charmant. Son approche fut une simple question, « Tu passes un bon dimanche ? »

J'ai répondu : au lit, grosse flemme. Lui :
Pareil.
Moi : On dirait qu'il fait beau dehors.
Lui : Oui on dirait, le seul moyen de s'en assurer serait de mettre le nez dehors. Un café vers 15 heures, qu'en dirais-tu ?
Moi : Oui pourquoi pas, mais c'est dimanche, je n'ai pas envie de faire d'efforts, je viendrai en jean et en baskets.
Lui : Pareil
Moi : Je ne pense pas me doucher. Lui :
Moi non plus.
Moi : Même pas me brosser les dents, Lui :
Parfait, on sera à égalité.
Il me plaisait déjà, nous avions le même sens de l'humour.

Je n'allais pas me faire belle pour un inconnu, cela se mérite. Et puis j'ai préféré me montrer au naturel. C'est à prendre ou à laisser, si la personne venait à me plaire, alors je montrerais mes atours au second rendez-vous.

Nous nous sommes retrouvés à la terrasse du café le Royal Beaubourg près du métro Arts et Métiers. Dès les premiers instants, je l'ai trouvé charmant, la conversation était fluide, il me posait des questions, et écoutait avec intérêt. Il était poli et ne me coupait pas la parole pour parler de lui. Quelque chose me disait qu'il ne trichait pas, pas pressé, il était simplement lui-même.

Parfois quelques silences s'installaient, comblés par des sourires sans raison qui se terminaient par « voilà. »

Nous nous sommes quittés au bout de deux heures, et je n'étais pas encore arrivée chez moi qu'il m'avait déjà envoyé un message.

« Si tu es comme ça le dimanche, tellement belle, je suis impatient de voir à quoi tu ressembles les autres jours, d'ailleurs que penses-tu de dîner vendredi soir ? Je me ferai beau aussi. »

Il était chou, j'ai accepté. Nous avons échangé sur WhatsApp toute la semaine, j'avais hâte de le revoir. Le vendredi suivant, la magie fonctionnait toujours, nous avons beaucoup ri et je lui trouvais une vague ressemblance avec l'acteur français Pio Marmai. Il m'avait attrapé la main spontanément en sortant du restaurant, un geste plein de tendresse. Je craquais. Nous avions longé les quais de la Seine depuis l'Hôtel de Ville, pour voir le coucher de soleil de cette belle soirée d'avril. Je ne sais plus comment nous avons atterri place des Victoires, et qui s'est lancé en premier, moi probablement, mais nous nous sommes embrassés. Un baiser fougueux et tendre, sous le regard de la statue de Louis XIV. J'avais des feux d'artifice dans le ventre, le cœur qui s'emballait. Je décoiffais sa chevelure à chaque baiser tant j'avais envie de fusionner avec lui. Il s'arrêta, me dévisagea, troublé. Comme j'ai aimé voir ce trouble dans ses yeux, il ne contrôlait plus rien. Il me regardait comme un gosse qui venait de déballer le cadeau de ses rêves à Noël. Consciente de mon pouvoir, je lui ai demandé s'il allait bien. Il prit une grande inspiration, se recoiffant d'une main, l'autre me tenait fermement la taille.

— Oui, oui, il faut que je me calme, c'est tout.

— Mais pourquoi ? Je prenais un faux air innocent.

— Tu me fais beaucoup d'effet... Je veux rester un gentleman, mais ça peut dégénérer.

— Et bien ne te calme pas. On va chez toi ?

Je n'ai jamais vu un homme attraper un taxi aussi rapidement à Paris.

Il m'ouvrit la porte, visiblement aux anges.

— J'ai cru que tu allais te jeter sous les roues pour l'arrêter ! Je lui ai dit, moqueuse.

— J'aurais même pris un hélicoptère si je pouvais.

— C'est une idée de business à développer ça!
— Tu sais qu'à Sao Paulo, Uber lance l'année prochaine un service d'hélicoptères pour les déplacements urbains? De gratte-ciel en gratte-ciel. Un truc de dingue.
— Je parie que celui qui inventa ce concept avait passé une soirée comme la nôtre, je rétorquai.
Il rit, en me serrant contre lui. Son cœur battait fort, le mien aussi. Entre ses bras, j'étais protégée et désirée, ce qui me donnait un sentiment de chaleur et de réconfort, j'étais aux anges.
Arrivé à République, le taxi ralentit. Nous avons arrêté nos gestes d'affection pour demander au chauffeur quel était ce raffut dehors. Il y avait des tentes plantées sur la place et des camions de CRS qui quadrillaient.
— C'est Nuit Debout, des manifestations contre la loi travail, la loi El-Khomry.
Timothée a alors entamé une conversation vive avec le chauffeur de taxi afin de comprendre pourquoi cette loi suscitait tant d'opposition. J'aimais qu'il s'intéresse à ce qui se passait autour de lui et se pose des questions sur la société. Même si je n'avais aucune envie de parler politique, j'écoutais ses arguments pour et contre, et je lui trouvais un air encore plus sexy.
Les CRS ont commencé à lancer des fumigènes sur les personnes qui campaient au milieu de la place.
— Bon! Changement d'itinéraire, annonça le chauffeur de taxi, en faisant marche arrière.
J'ai souri en me disant que les films américains romancés de Paris montraient rarement des amants bloqués dans les embouteillages et cocktails Molotov après leurs rendez-vous galants. Je déteste l'idée d'un Paris fantasmé, avec macaron et Tour Eiffel en trame de fond. C'est la magie de Paris, c'était ce type de joyeux bordel.
Cet interlude sur les tensions socio-économiques du pays n'a en rien entamé notre enthousiasme et une fois arrivés chez lui, à Montreuil, la ville où s'exilaient un grand nombre de Parisiens, nous avons abordé le sujet de la gentrification :
— J'ai acheté cet appartement pour huit mille euros du mètre carré, mais une fois rénové, je pourrai envisager de le revendre à onze mille,

— Hum, hum, je déboutonnai sa chemise.
— Puis même si je ne le vends pas, je pourrais toujours le louer à prix d'or surtout avec tous les créatifs, graphistes et designers qui viennent s'installer dans le coin.
— Tu viens gentrifier le quartier en fait.
— Complètement. Il m'embrassa dans le cou. Il s'arrêta pour éteindre la lumière, je l'en empêchai, le poussai contre le canapé et me déshabillai.
Je n'oublierai jamais son regard sur moi quand il s'est exclamé,
— Qu'est-ce que tu es belle!
J'avais trouvé ce que je cherchais, une personnalité différente, un excellent amant, sans questionnement ni faux semblant. J'avais enfin la sensation de vivre depuis les attentats du 13 novembre, je ne flottais plus, distante, au-dessus de Paris. J'étais bien vivante dans ses bras.
Timothée n'essayait pas de coloniser mon corps, de tout découvrir tout de suite, certains hommes font l'amour comme des Yankee qui veulent poser leurs drapeaux sur le corps des femmes. Lui était attentif, et il prenait le temps comme s'il déballait un cadeau attendu longtemps. Quel plaisir d'être traitée comme une reine, précieuse. C'était naturel, évident. Il n'y avait aucune gêne. Il me montrait sa gratitude et j'avais encore plus envie de lui donner. Il ne me prenait pas mon énergie ni une partie de moi, il me donnait la sienne. Il me donnait le meilleur de lui-même.
Ce fut pour nous aussi une « Nuit Debout,» emplie de douceur, ponctuée de longues conversations. Au fil de la discussion, je lui ai confié les fantasmes de plans à trois des amis de Sophie. Timothée avait sa tête posée sur mon ventre, ses yeux brillaient dans la pénombre. Il regardait le plafond.
— Et toi, qu'est-ce qui te fait triper ?
— Mon fantasme ? Il hocha la tête.
— Je n'ai pas envie de faire l'amour avec plusieurs hommes, mais plutôt avec un seul homme qui me donne l'impression d'être plusieurs!
Il prenait la mesure de cette déclaration, il prit une profonde inspiration.
— Je comprends.

— Et toi, je lui embrassai les mains, reconnaissante du bien-être qu'elles me procuraient, tu me fais exactement cet effet-là.

— Je me présente Timothée, il leva la main droite, Thomas, et puis il leva la main gauche Théo, tous les trois pour vous servir, Madame.

J'éclatai de rire et me blottis contre lui.

Notre aventure dura plusieurs mois. Nous sommes allés voir l'exposition de Paul Klee au Centre Pompidou, dîner au Luz Verde, un mexicain dans le IXe, boire des verres à l'Entrée des Artistes. Nous parlions du monde, et même si nos vues divergeaient, il était conciliant et ne cherchait pas à m'imposer son opinion. Les apparences ne l'attiraient pas, les clubs, et la drogue ne présentaient aucun intérêt à ses yeux. Quand il ne travaillait pas, il jouait de la guitare et fumait quelques joints. Je ne voulais rien construire avec lui, m'engager à ce stade de ma vie ne m'intéressait pas, mais je m'attachais. Je ne voyais que lui, et lui ne voyait personne d'autre, nous étions exclusifs, et définir les choses n'était pas nécessaire. Il disait ne jamais avoir eu autant de désir pour une femme. J'avais le sentiment de lui appartenir. Cela m'effrayait, alors je prenais mes distances parfois afin d'exister pour moi, pour ne pas trop souffrir. Je commençais à lui chercher des défauts, et à être jalouse. Dans son salon, il y avait des photos d'une jolie fille, la vingtaine et une photo d'eux, main dans la main, amoureux. Je n'ai pas posé de questions, il avait l'air de vivre seul dans son studio mal rangé et au décor masculin. Quelque chose me disait que son regard profond, qui m'avait attiré, devait cacher une faille. Je me disais qu'il n'avait pas eu le temps d'enlever les photos de son ex. Je n'allais pas faire une scène pour si peu et gâcher nos jolis moments ensemble. Puis un samedi après-midi de juillet, après une balade tous les deux au Mur aux pêches à Montreuil, un jardin urbain parsemé de potagers et aux murs habillés de street art, nous sommes rentrés chez lui pour dîner. Il préparait des assiettes de melon frais que nous venions d'acheter à un maraîcher et la bresaola en remplacement du jambon, et de la féta, mais quand il mit la table, il me surprit en train de fixer cette photo d'eux.

— Il faut que je te dise quelque chose. Il avait l'air grave. Viens près de moi.

Il s'assit sur le canapé et m'invita à m'asseoir sur ses genoux.
Nous y voilà, je me suis dit. Fini la légèreté.
— La fille sur la photo, il pointa la photo accrochée au mur, c'est Alexia.
Je suis restée silencieuse.
— C'était ma copine, enfin ma fiancée.
Je le regardais fixement. Il reprit,
— Elle est morte il y a quatre ans d'une tumeur au cerveau.

Je sentis une pluie de cendres tomber comme du crachin sur notre passion naissante au fur et à mesure qu'il me racontait son histoire. « Elle était l'amour de ma vie, mon amour de lycée, mon premier amour, je voulais l'épouser, je l'avais demandée en mariage quand le couperet est tombé. Je suis une pourriture, car je l'ai trompée plusieurs fois, y compris quand elle était malade. Pourquoi je faisais ça? Je n'en sais rien. Je suis un lâche. Je me sentais si coupable que j'ai fini par lui avouer mes tromperies, et elle... » Timothée prit un instant, secoua la tête, « Et elle m'a pardonné avant de partir. Elle était un ange, pas faite pour ce monde. Après sa mort, je suis tombé dans un gouffre. Un vide. Ensuite, j'ai pu dire au revoir à son fantôme et je suis tombé amoureux d'une autre deux ans après, mais cette meuf m'a trompé à son tour, mais salement, avec plein de mecs en plus. Je me suis dit, voilà, je paye. »
Timothée marqua un silence. Je l'ai pris dans mes bras. On s'embrassa longtemps, car je crois que je ne voulais plus qu'il parle.

Cette pièce, où nous avions vécu notre passion fulgurante, où j'avais l'impression que les papillons tournoyaient autour de nous lors de chaque étreinte, était maintenant envahie de cendres. Cette pièce était un autel dédié à cette fiancée défunte dont le cœur de Timothée était encore épris. J'ai su qu'il m'aurait fallu une force pour l'en défaire. L'air était devenu lourd, plus aucun papillon ne volait, ils étaient au sol, mourants, témoins de notre dernier baiser.

Chapitre 16

Métèques

Pour ma part, les choses ont toujours été claires, je suis française d'origine algérienne. L'Algérie était le pays de mes parents, et de mes grands-parents, mais hormis quelques séjours, je ne connaissais rien au pays. J'étais fière de ma richesse culturelle et naviguais tranquillement entre l'arabe et le français quand je parlais avec ma famille, je ne faisais pas ramadan, mais je respectais les coutumes quand il s'agissait de manger, surtout des pâtisseries orientales. Mes origines, c'étaient des odeurs de cannelle et de safran, l'odeur du henné que ma grand-mère me mettait sur les mains pour avoir la baraka, la chance. C'était la fête, la musique, des gens qui ne ratent jamais l'occasion de faire la nouba, de danser et de rire. Je n'ai jamais lu le Coran. Ce qui compte le plus dans notre culture, c'est le respect des anciens, les parents, les grands-parents. Il ne faut jamais les contrarier, mal leur parler, ou bien dire des gros mots. Le succès est enfin obtenu quand ils donnent leurs bénédictions avant de mourir. Enfant, j'avais vite compris que nos coutumes tournaient autour de l'idée d'honorer les ancêtres. Les personnes plus âgées sont appelées mon oncle ou ma tante, jamais directement par leur prénom, par marque de respect. Il est important d'aider nos anciens, les porter sur nos épaules s'ils sont malades, de les faire passer en premier, et on s'en occupe jusqu'à leur mort, hors de question de les mettre dans une maison de retraite. On ne fume pas devant eux et une fois adulte on leur fait plaisir afin de leur montrer notre reconnaissance, après tous leurs sacrifices. Je n'ai jamais été une bonne musulmane, et la religion ne m'intéresse pas, elle fait partie de ma culture en trame de fond, en revanche j'honorerai à jamais mes ancêtres.

Ma grand-mère était la matriarche, à qui on obéissait tous au doigt et à l'œil. Mon grand-père aussi était docile avec elle à la maison, il n'a jamais critiqué sa cuisine, ou l'heure à laquelle était servi le diner, par peur de recevoir une casserole sur la tête peut-être, ou de donner des ordres sur les affaires domestiques. Il la traitait toujours avec déférence, telle une impératrice. En revanche, dehors c'était lui le patron. Ils formaient un couple idéal, un bon équilibre entre la force tranquille de ma grand-mère et le côté aventurier de Papy.

Le 8 mars 2016, j'avais appelé Mâ pour lui demander ce qu'elle pensait de la condition des femmes dans le monde.

— Je n'en sais rien ma fille, tout ce que je peux te dire c'est qu'il y a longtemps, j'ai compris que les hommes étaient des poupées fragiles made in China, et que les femmes, elles tiennent mieux le whisky.

Je n'ai rien compris, mais j'ai ri pendant dix minutes avant de reprendre mon souffle. Elle était la chef de famille. Personne n'osait la défier ou la contredire, depuis toujours, je pouvais me figer seulement par la force de son regard désapprobateur. Son comportement, sa manière d'être, avait influencé mon parcours de femme. Petite, je la voyais mettre son porte-monnaie dans son soutien-gorge pour ne pas se faire voler quand nous allions au marché et quand Papy lui donnait des sous pour faire des courses, elle ne dépensait pas l'intégralité et gardait le reste pour elle. Excellente gestionnaire Mâ Dalton !

Quand elle venait nous rendre visite en France, elle venait avec sa djellaba, voilée, comme beaucoup de femmes arabes, musulmanes et âgées, elle était hejja, la sage, celle qui a fait le pèlerinage à la Mecque. Sa tenue était symbole de celle qui avait atteint la sagesse et la piété. Un peu comme les Jedis, quand ils deviennent chevaliers.

Petite, j'adorais lorsque Mamie me faisait des kardouns; elle m'enduisait les cheveux d'huile d'olive avant les enrouler dans un tissu orange. C'était douloureux et je devais dormir avec, mais au petit matin ma crinière indomptable était devenue soyeuse. Elle me mettait également du henné sur les mains et les pieds avant de dormir en me racontant des histoires. Comme j'aimais ces moments-là !

Cette fois-là pour sa visite à Paris, fin 2016, je tenais à lui faire plaisir. J'étais allée la chercher en Uber à l'aéroport, il était évident qu'elle devait dormir chez moi et que je ferais tout mon possible pour qu'elle passe un bon moment. Les Arabes mettent un point d'honneur à bien recevoir, mon tour était venu de lui montrer que j'étais une femme accomplie. Elle n'était pas ravie de ma vie de bohème parisienne, dans mon petit studio, sans voiture, et mon métier n'avait aucun sens puisque je n'étais pas docteur ou ingénieure. Elle ne montrait pas sa déception, mais elle ne cachait pas non plus son étonnement en fronçant des sourcils parfois. Je tenais à lui faire plaisir, alors nous avons été à la Tour Eiffel, faire un tour de Bateaux-mouches, et dîner chez Goumard, rue Duphot pour déguster la criée du jour. Je remarquais les regards pleins de suspicion, voire de rejet, qui se posaient sur elle, sur son voile, nous les ignorions, conscientes que cela était issu d'un racisme ordinaire de quelques personnes basses de plafond. Les employés du restaurant nous ont très bien reçues. J'avais longtemps travaillé Place de la Madeleine, en tant que gérant de portefeuille, et déjeuner dans ce restaurant avec des clients faisait partie de mes habitudes. Je connaissais bien la maison. Je tenais à lui faire goûter le carpaccio de dorade et la lotte dorée accompagnée d'une piperade savoureuse.

Mamie était dans son élément, elle connaissait bien le quartier. Dans les années soixante-dix, quand Papy gagnait bien sa vie et qu'il venait pour affaires à Paris, il emmenait Mamie chez Maxim's non loin de là. Sur le bureau de Papy, dans notre maison d'Oran, trônait une photo d'eux en noir et blanc devant Maxim's, Mamie avec un brushing parfait en robe Pierre Cardin arrivant au genou, et Papy à côté en costume; les Bonnie and Clyde Algériens. Quand j'avais cinq ans, j'ai demandé à Mâ si elle aimait Papy, si elle était contente ce jour-là. Elle avait haussé les épaules. Ce n'étaient pas des questions que l'on posait à leurs yeux. C'était un sujet tabou, l'amour, chez nous nous ne l'abordions jamais. Je profitais de ma position de petite-fille préférée à qui on laissait tout passer pour poser la même question à Papy et lui au contraire, avait répondu « J'ai pensé que j'étais le plus chanceux de la Terre, ce jour-là. Puis j'ai découvert son caractère…»

Nous déjeunions en silence au Goumard, quand un couple parlant arabe s'installa à deux tables de nous. À leur accent, je reconnaissais qu'ils étaient orientaux et pas maghrébins. Mais Sharki, du Mashrek, le Moyen-Orient. Le monde arabe se divise entre l'Afrique du Nord, le Maghreb, ce qui signifie l'occident en arabe ou le couchant, les pays du Golf : le Khaleeji et le Machrek : le Moyen-Orient.
Je dis à Mamie,
— Shaarkiyins, des sharkis.
Elle hocha la tête en finissant sa soupe de poisson. Désintéressée.
— Mâ, j'aimerais leur demander d'où ils sont, qu'en penses-tu ? C'est impoli ?
— Ne fais pas ça, je veux dîner en paix, pas envie... Ils parlent trop fort d'ailleurs...
Je ris. Mamie détestait les familiarités entre Arabes, elle n'était pas communautaire, moi non plus d'ailleurs, mais parfois cette nostalgie s'empare de moi et quand j'entends parler arabe, j'aime écouter les conversations, sans me faire remarquer. En dehors d'écouter des chansons ou voir quelques films Sharkis, j'avais rarement l'occasion de le pratiquer. Avec mamie, nous parlions français et dans notre dialecte, le Darija, l'arabe du Maghreb, empreint de mots français. J'avais appris l'alphabet arabe, mais impossible pour moi de le déchiffrer, ça restait des hiéroglyphes. Mamie en revanche pouvait le lire, elle qui n'avait pas été à l'école, mais avait appris le français sous la colonisation les vingt premières années de sa vie. Puis avec l'indépendance, les administrations algériennes se sont progressivement arabisées, au point qu'il était difficile pour les anciens de comprendre un seul formulaire. À soixante ans, elle entreprit d'apprendre l'arabe littéraire et elle obtint son certificat avec brio.
Nous attendions notre dessert, quand le couple s'est levé pour partir, et à ma surprise, ils se sont arrêtés à notre table. L'homme était un grand brun aux sourcils bien fournis, il avait les yeux bleus/verts, comme beaucoup de Sharkis.
— Excuse-me, Salem, Fin el Blace de la Concorde? Il s'était exprimé

en arabe directement, car je suppose qu'ils nous avaient entendu parler et puis je dois dire que les Arabes ont souvent un sixième sens pour se reconnaître. Je compris qu'il cherchait la place de la Concorde, mais je me suis figée, incapable de lui répondre, car la seule phrase qui me venait en arabe était une chanson de Nancy Ajram, une célèbre chanteuse libanaise que j'écoutais en boucle à la maison. La seule réponse que mon cerveau avait envie de dire :

« Ya Ghali alaya, shou sarak habibi? Trayar helek, nasini.» Un couplet dans lequel Nancy Ajram interpelle son chéri, pour lui dire qu'il a changé et qu'il l'a oubliée. Autant vous dire que cela n'aurait pas été utile pour leur indiquer la Concorde. Il était plus sage de répondre en anglais. Je me suis ressaisie et lui ai donné les indications, puis je leur ai demandé d'où ils venaient. Ils étaient Libanais, installés à Londres.

— Tcharafna, enchantée, je lui ai dit. C'est la seule chose qui a pu sortir de ma bouche avec un accent correct. Je repris en anglais, j'aime toujours rencontrer des Arabes à Paris.

Leurs visages se raidirent, puis sa femme qui n'avait pas encore parlé, une belle brune au petit nez, habillée en tailleur Balmain, me dit en souriant « Nous, nous sommes des Phéniciens au Liban pas des Arabes.»

— Akid, bien sûr, je lui répondis... Ils sont partis en nous saluant chaleureusement. Ma'a Salem, Yallah, Bye.

Mamie avait souri de temps en temps, mais ne s'était pas jointe à la conversation. Elle comprenait ce qu'ils disaient en arabe, mais elle décrochait quand je répondais en anglais.

Je restais perplexe quant à l'ambiguïté d'autres Arabes sur la définition de leur identité. Ils avaient honte, oui, honte, et être appelés des Arabes en offensait certains. C'était devenu un mot gênant, une tache qu'il fallait enlever. Pourtant ils parlaient arabe, mangeaient de la cuisine arabe et dansaient sur de la musique arabe.

Mamie attendit qu'ils passent la porte pour tirer sur ses joues, imitant le visage botoxé de la femme et dit : « Nous nous sommes des Phéniciens au Liban, pas des Arabes. »

J'ai ri.

— Ce n'est pas très pieux de ta part de se moquer, hejja !

— Tozzzz.

C'est une interjection que je ne peux pas traduire, mais c'est l'équivalent de je m'en fous. Elle poursuivit,

— Tu vois ma fille, depuis le 11 septembre et toutes les guerres, l'arabe c'est toujours l'autre! Le fauteur de trouble, le terroriste, le voleur.

— Cela me rend profondément triste.

— Non ma fille, toi tu peux être fière, car tu ne renieras jamais tes ancêtres. Arabes, Berbères, Andalous, bédouins et tous les métèques, qui ont fait l'Algérie. Negreta taîî, ma petite fille noire.

Je me levais pour lui embrasser le front.

Chapitre 17

Mosaïque

Le lendemain, Mamie prit l'avion, direction Salzbourg pour voir mon oncle, en me disant que les Arabes de la diaspora étaient peut-être plus dérangés que ceux qui sont restés au pays. Souvent, je ne saisissais pas le sens de ce qu'elle voulait dire.
Elle disait, « la vie te montrera ma fille ».
Quelques jours plus tard, je rejoins Sophie pour un verre de vin, ça m'avait manqué le temps de la visite de ma grand-mère. Sophie était attablée au Bar à Bulles à Pigalle avec deux autres filles, Saloua et Sara, qu'elle avait rencontrées la veille au Raspoutine, un club parisien. Nous avons fait les présentations, discuté de choses et d'autres puis le sujet des origines est arrivé sur la table.
— Je suis Kabyle, a dit Sara
— Je suis Marocaine, a dit Saloua.
— Je suis Algérienne, dis-je.
— Mais Kabyle? Avec tes yeux clairs et tes cheveux blonds, tu ressembles à une de mes cousines, je te jure! me dit Sara.
— Non, du tout, je suis arabe, d'Oran.
En entendant le mot arabe, elles se sont liquéfiées. C'est comme si j'avais dit vous aussi, vous êtes des « terroristes » ? Comme avec les touristes libanais, un malaise s'installait. Cette fois-là, étant donné que ce n'était pas des touristes de passage et qu'on avait le temps de discuter, je tenais à comprendre.
— On dirait que j'ai dit un gros mot, arabe, c'est pas une insulte.
Saloua sourit, et me demanda :
— Mais tes deux parents ?
— Oui mes deux parents !
— On ne le dirait pas du tout, tu ne fais carrément pas arabe ! Je ne savais pas pourquoi, mais son ton de voix indiquait que ce fut une qualité, une chance et cela me fatiguait. Je n'avais pas choisi mon physique.

Si j'avais été brune à la peau mate, ce serait un drame? Je n'ai pas osé lui demander.

— C'est quoi ton nom de famille? me demanda Sara.

— Saadoun.

— Mais c'est juif... Ton nom m'intrigue, je n'ai jamais entendu un prénom arabe avec un nom juif, en plus tu es blonde, aux yeux bleus, j'ai un milliard de questions.

— Et alors? Vous allez en Algérie ou au Maroc des fois?

— Oui je vais souvent à Marrakech! Saloua répondit avec entrain.

— Oui des fois je vais en Kabylie, dit Sara.

— Alors vous savez bien que des blondes comme moi, il y en a un paquet, il y a des Noirs aussi, les Sahraouis, les Touaregs, du sud. L'Algérie est une mosaïque de peuples, dont des juifs. Et vous parlez arabe?

— Moi je parle juste kabyle.

— Non, je parle marocain, répond Saloua.

— Du coup, tu es juive? Tu es née ici ou là-bas? m'interpella Saloua.

— Non, je suis agnostique, ou musul-mienne, c'est entre musulmane et chrétienne. Je n'ai pas encore pris d'abonnements...Et je suis née ici. Nous sommes toutes les trois Berbères et nos grands-mères font du couscous, on peut s'accorder là-dessus déjà? Le Kabyle est une langue différente de l'arabe, j'en conviens, mais le marocain c'est pas une langue, vous parlez arabe à Marrakech?

— Non! Marocain, insista Saloua.

À ce moment-là j'ai tiqué, parce que pour moi au Maroc et en Algérie on utilise le dialecte Darija ou le berbère. Oran est proche de la frontière marocaine, et un de mes oncles avait épousé une fille d'Oujda, et on se comprenait parfaitement, alors je savais de source sûre que c'était la même langue, donc je ne comprenais pas le point d'honneur que Saloua mettait à ne pas dire qu'elle parlait arabe.

— Bah vas-y parle marocain, je t'écoute, je parie que cela ressemble beaucoup à l'arabe!

— J'ai pas envie de jouer au singe savant là. Saloua se renfrogna, croisa ses jambes et ses bras.

— Au Maroc, les journaux, les passeports et les panneaux d'indication dans les rues sont bien écrits en arabe, je ne comprends pas? Mais à l'oral, comme à Oran on parle Darija, le même dialecte non?

Elle se glaça et me lança un regard hostile, puis lâcha un « oui » excédé.

Sophie intervint,

— Eh les filles, vous n'allez pas commencer un conflit diplomatique à l'apéro quand même? Moi je suis Vietnamienne et indienne, une grand-mère de Hanoi et un grand-père de Pondichéry, si ça intéresse quelqu'un… On est tous des descendants d'anciennes colonies françaises, ça soude non? Si on parlait de cul, ça mettrait tout le monde d'accord.

Il semblait difficile de se sentir proche après cette conversation. C'était moi la whitewashed, l'occidentalisée, la blonde aux yeux clairs qui se disait arabe et elles semblaient nier leurs origines, alors qu'elles avaient le teint mat et des airs de Shéhérazades. Il devenait de plus en plus difficile de rencontrer des personnes issues de l'immigration avec qui j'étais sur la même longueur d'onde. Mais c'était peut-être mon cercle parisien limité. J'avais le sentiment de défendre l'indéfendable, de parler d'un temps révolu, de défendre une mémoire perdue, refoulée, niée. Je n'avais pas énormément d'amis algériens ou marocains, non pas que je les cherchais, mais parce que nous n'avions pas tous les mêmes rapports à nos origines. Je ne tenais pas à imposer mes vues. Les origines sont une chose, et l'identité culturelle, ça se construit au fil du temps. Chacun vivait son arabité, sa berbérité ou sa maghrébitude à sa guise.

Chapitre 18

Noire ou Blanche

Un jour, je n'en pouvais plus de ces conversations incessantes autour de l'origine de mon nom, alors je m'en plaignis à Blanche. Elle habitait dans le XVIIIe arrondissement de Paris, rue Custine. Une rue coquette, investie par les jeunes cadres dynamiques, artistes, et autres Hipsters comme diraient certains. C'était à deux pas de la station de métro Château Rouge, la station de métro la plus folklorique de Paris, avec ses vendeurs de montres à la sauvette, ses boutiques africaines de perruques et autres produits pour cheveux. En tournant dans la rue à gauche en sortant du métro, on se trouvait soudainement rue Custine, avec ses cafés bohèmes, boutiques d'alimentation bio et en vrac, pour les familles aisées et favorisées.

Le contraste me surprenait toujours, ces deux réalités qui se frottaient, mais qui ne se mélangeaient jamais. Blanche avait pris le temps de son chômage pour se remettre de son burn-out, la dépression du capitalisme j'appelle ça. Comme elle ne touchait plus que 50 % de son salaire en guise d'indemnités, elle se résolut à louer son appartement sur Airbnb à des touristes. Elle dormait chez ses parents à Sceaux ces nuits-là, ce n'était pas idéal, mais cela lui permettait de survivre. Elle avait également annulé son abonnement au Pass Navigo, à €75 par mois, elle évitait de prendre les transports et nous nous voyions exclusivement dans son quartier, qui était à vingt minutes de chez moi, à pied. J'habitais à côté du métro Brochant, dans le XVIIe.

Ce soir-là, elle avait préparé de la salade et une quiche au saumon, j'avais apporté du pain, du vin, une bouteille de Côtes-du-Rhône, et le dessert, des profiteroles du Monoprix. En arrivant chez elle, j'ai enlevé mes chaussures, posé mon manteau sur son canapé.

J'ai posé le pain sur la table basse. Blanche a immédiatement protesté ;
— Non, mais pas sur la table basse, ça va attirer la souris ! Faut rien laisser traîner.
— What? Une souris? Tu déconnes ?
— Si je te jure meuf, au début j'entendais des grattements entre les plinthes du mur de la cuisine, j'ai flippé quand c'est devenu insistant. Puis un jour, elle est sortie tranquillement de derrière le frigo. J'ai hurlé comme une folle. Elle était petite, toute mimi, blanche immaculée et des grands cils. J'ai gagné le gros lot, la plus jolie des souris, la princesse des souris. Elle était encore plus flippée que moi, et elle est retournée se cacher. Elle a dû se faufiler par les trous après les travaux. On a bouché les trous et mis des pièges, mais elle s'en bat la race. Je l'ai revue il y a deux jours, elle faisait un tour. Limite, elle allait se servir une bière dans le frigo.
— J'hallucine! Faut que tu préviennes la Mairie de Paris, le service de dératisation.
— Je l'ai fait, ils sont débordés. Paris est trop sale. C'est la fête des rats et des souris.
— Bon il ne te reste plus qu'à lui faire payer une partie du loyer à la souris.
— Je te jure.
— Tu as des nouvelles des entretiens que tu as passés récemment ?
— Aucune, ils m'ont juste ghosté après deux entretiens, même pas un message pour me dire qu'ils avaient choisi un autre candidat.
— C'est abusé.
— Bref, c'est la merde. Blanche remplit nos verres de vin. Puis elle se mit à rouler un joint. Et toi? Tu as pu obtenir le financement pour ton exposition sur les réfugiés ?
— Non, pas encore, je rencontre pas mal de messieurs aux cheveux blancs qui me proposent d'en parler autour d'un dîner, si tu vois ce que je veux dire. Ils s'imaginent que c'est un rendez-vous galant. L'autre jour, j'ai rencontré le directeur communication d'une grande banque qui finance des expos, il a scotché sur mon prénom. Halima? Mais blonde? Vous êtes une vraie blonde ? Vous pourriez être bretonne! Mais un nom, si oriental... Quel con!

J'en ai marre que l'on demande constamment d'où vient mon nom, et d'où je viens. Puis il me dit « les réfugiés, c'est clivant, même si la banque voulait bien lâcher la thune, les clients sont conservateurs, pour ne pas dire racistes, ils poseraient des questions, non! C'est trop clivant.» Connard. Du coup, il m'a reparlé de mes origines. « Halima, vous êtes d'une telle douceur orientale, votre sourire illumine la pièce… » J'aurais tellement aimé lui répondre à ce sac à merde « Bernard, vous êtes d'une telle laideur bourguignonne et si la bêtise était une source d'énergie, vous pourriez fournir des villes entières ».
Blanche rit de bon cœur, puis me lâcha :

— Oui tout le monde veut savoir tes origines, sauf toi. Elle m'a servi une tranche de quiche et tiré encore une longue latte de son joint. Elle fumait plus qu'elle ne mangeait. Si je mangeais mes émotions et ne le digérais pas, Blanche, en revanche, les fumait.

— Je suis Française d'origine algérienne point. Je mis
de la vinaigrette sur la salade.

— Certes, mais cela laisse tant de questions en suspens, tu as pensé à faire un test ADN ?

— Vraiment, tu es sérieuse là? Avec un nom comme Blanche, tes cheveux lisses et ton teint de porcelaine, à toi on ne demande rien. Et toi tu vas en faire un? Vas-tu peut-être apprendre que tu as une ancêtre noire, ce serait drôle non? Blanche, la Noire ?

— J'y songe oui. Si on découvre que je suis noire, cela ferait pâlir mon oncle, il est raciste. J'adore lui dire que je sors avec des Pakistanais ou des Antillais quand il me demande comment va ma vie amoureuse, juste pour le faire chier !

— Je ne veux pas de test ADN, je suis un être humain, cela devrait suffire non ?

— En théorie oui. Donc tu es une juste une citoyenne du monde, c'est ça ?

— Non ça c'est des conneries. Je suis française, chez moi c'est la France, l'odeur des baguettes et des croissants, la blanquette de veau et le pot-au-feu, et des fois un bon couscous.

— Oui sauf que toi tu es blanquette qui sent l'harissa! me lança Blanche en riant avant de rouler en arrière sur son dos.

— Je pense que si je faisais un test, je découvrirais ce que je pense déjà, je suis Berbère-Ibérique-Latin-Arabo-juive-Viking.

Blanche resta perplexe :
— Viking ?
— Oui, ils sont allés jusqu'en Afrique du Nord, puis j'arrive pas à expliquer pourquoi, mais j'adore les Krisprolls.
Blanche a éclaté de rire.
Je tirais sur une cigarette, songeuse, regardant les passants depuis sa fenêtre et j'ai repris :
— Je vais te dire une chose, en France, être arabe c'est très attaché à la banlieue, à la pauvreté, la délinquance, les barbus, la burka et maintenant au terrorisme, pour une large partie de la population. C'est pour ça que Le Pen est passé au second tour en 2002 et continue, avec sa fille maintenant, de gagner des voix. N'oublions pas le matraquage des chaînes d'infos. Moi, personne ne contrôle mon sac quand je rentre aux Galeries Lafayette ou même quand j'en sors. Pourtant j'en ai piqué des trucs là-bas, parfums, bijoux. Je sais que j'ai la chance d'avoir le bon faciès.
— Tu volais des trucs dans les grands magasins, toi ?
— Oui, c'était un challenge, je ne suis pas qu'une petite fille sage. Je revends aussi de la beuh à mes copines de cours de yoga, personne ne contrôle une blanche en legging avec un tapis de yoga sous le bras.
— J'avoue...
Blanche s'allongea sur son canapé,
— Tu sais quand je retrouverai un taf, je pense à faire un enfant toute seule, j'irai à la banque du sperme au Danemark et je me ferai inséminer. J'en ai marre des rencontres sans lendemain, et au moins j'éduquerai mon gamin comme je veux. Tu ne voudrais pas d'enfant, toi ?
— Non, c'est pas dans mes projets, je me demande déjà ce que moi je fous ici et d'où je viens alors mettre un autre être humain au monde, m'en parle pas. Je ne pense pas avoir de désir d'enfant. Il faut arrêter avec cette injonction, certaines ont des enfants et le regrettent, mais ça, c'est tabou. Je fais le chemin à l'envers, je cherche mes racines.

Il aurait fallu que je mène l'enquête, que je pose des questions à ma famille. Mais chez nous personne ne parle, ou me disait juste « enn-ti ya Arabia, » : tu es une Arabe. D'accord, c'est noté, mais c'est vrai dans ma famille, nous avons des blonds aux yeux clairs ou des noirs mats, type sahraoui ou maure.

J'étais habituée à cette mosaïque, je ne posais aucune question. Ma mère était une francisée, ses références étaient Claude François et France Gall, je ne pouvais donc rien obtenir d'elle. Il me restait mes grands-parents. Ces deux-là étaient des tombes. Impossible d'en tirer quoi que ce soit. Mais je devais m'y atteler. Mon grand-père me disait que sa famille devait être de Turquie, qu'ils sont arrivés en Algérie lors de la conquête ottomane pour envahir Oran qui était un port espagnol et catholique au XIVe siècle.

Cela me laissait un mystère épais. Les Turcs ne sont pas blonds. Ils avaient des esclaves d'Europe de l'Est, de Bulgarie, de Bosnie, qui, une fois convertis, se mélangeaient à la population. Je suis tombée sur l'histoire de cette esclave devenue l'épouse du Sultan Suleiman le Magnifique, Roxelane. Venue d'Ukraine, capturée puis faite esclave, elle se serait convertie et aurait été affranchie, avant de se refuser au Sultan pour des relations hors mariage. Il aurait fini par l'épouser. Ce type de femme pourrait bien être l'une de mes ancêtres! Ce serait une légende, mais la légende est belle. L'Afrique du Nord était en partie une terre de pirates, moi je préfère dire de grands navigateurs. Si bons navigateurs qu'ils seraient arrivés en Islande au XVIIe siècle. Ils pillaient, et prenaient des esclaves chrétiens, des Roumis. Le surnom dont m'affublait mon grand-père. Il y a eu des razzias en Irlande, en Écosse, et jusqu'aux côtes d'Islande, durant lesquelles les Barbaresques auraient kidnappé quatre cents personnes afin de les amener à Alger, en attendant le paiement de la rançon du Roi du Danemark. Le livre « L'esclave islandaise» relate les faits du point de vue d'une pauvre paysanne victime de ce raid et sa fascination pour la culture arabe à Alger. La légende prête plusieurs idylles entre les otages et leurs maîtres ou avec des pirates, au point que certaines femmes refusèrent de rentrer malgré la rançon payée. Ce type de femme pourrait également être l'une de mes ancêtres. Mais même avec un test ADN, confirmant mes origines roumis, je ne pourrai jamais savoir si cela a été le fruit d'une belle histoire d'amour ou d'un viol.

Cela n'avancerait à rien, j'aurais les données froides, le pourcentage, le mélange, mais pas les récits. Ce qui me tue, c'est le manque de récits. Alors tant pis, je ne ferai pas de test ADN.

Chapitre 19

El Ghoûl et Les Lions

Les attentats en France m'ont ramenée à des souvenirs d'Algérie, à la décennie noire. Cette guerre civile sans visage, où des femmes et des enfants étaient massacrés. Dans ma famille, c'est un sujet dont on ne parle jamais ni de la Guerre d'Algérie d'ailleurs. La seule chose qui nous le rappelle, c'est la trace de balle dans le mollet gauche de mon grand-père. Lui qui parle beaucoup de choses et d'autres, n'aborde jamais ce sujet. Petite déjà, j'avais compris qu'il ne fallait pas lui demander d'où venait ce trou, cette chair mal cicatrisée. Mais j'étais curieuse et si un sujet était tabou, alors je posais des questions. Notre rituel avec Papy était d'aller au marché une fois par semaine, où nous marquions un arrêt sur la place d'Armes, dans le centre historique d'Oran. Il y avait à l'entrée de l'Hôtel de Ville, deux magnifiques statues de lions de bronze réalisées par Auguste Nicholas Cain. Papy me posait dessus et telle une reine sur sa monture, je m'amusais à imaginer des aventures extraordinaires, ce qui lui laissait le temps de parler affaires avec les notables locaux.
Un jour où il m'avait emmenée au marché avec lui, comme je devais avoir quatre ans, je m'accrochais à ses jambes pour ne pas qu'il me perde. C'était notre tour dans la file chez le poissonnier, Papy voulait acheter des crevettes, et comme la seule chose que je voyais à ma hauteur de petite fille était sa cicatrice, j'ai demandé :
— Papy, qu'est-ce que tu as là ?
Il marqua un temps de réflexion, puis il prit son air de conteur d'histoire, « Ça ? Un jour, je me suis battu contre un Ghoûl, je te raconterai cette histoire plus tard, allez viens, ils n'ont plus de crevettes ici, faut que j'en trouve avant que le marché ne ferme. »
Un Ghoûl en arabe c'est un monstre.

— Un Ghoûl? Mais où ? Pourquoi ? » je ne bougeais pas, et attendais sa réponse.
— Dans la forêt, un soir, il voulait me voler mon dîner.
— Qu'est-ce tu faisais dans la forêt? Et tu mangeais quoi ?
Il prit une autre pause, comprenant qu'il ne s'en sortirait pas sans tout me raconter. « C'était quand je faisais mon service militaire, je surveillais le camp, c'était mon tour de faire à dîner pour la garnison, j'avais mis des saucisses à griller. »
— Des saucisses? Celles aux épices que j'adore ?
— Exactement celles-ci ma fille, celles de chez Larbi le boucher. Tu vois le Ghoûl aussi, il les adore.
— Et alors ?
— Puis le Ghoûl est arrivé de nulle part certainement attiré par l'odeur, il a voulu en chaparder et tout manger ! »
— Et toi, il voulait te manger avant ou après les saucisses Papy ? Papy s'est alors arrêté de marcher, pris d'un fou rire, m'a regardé avec un air attendri. « Oui tu as raison, les saucisses ce n'était qu'une entrée, moi j'étais le plat principal, tu sais ce que
j'ai fait ? » Il me prit dans ses bras.
— Il m'a griffé la jambe et je me suis mis à hurler Awoooooo, ça lui a fait peur et il a fui ! »
J'ai ri.
Avec le recul, je me doutais qu'il n'y avait ni Ghoûl ni loup, cependant je l'admirais pour sa dignité à mettre de l'humour dans une partie de sa vie qui a dû être sombre. Un jour, ma mère m'a confié qu'un soldat français avait tiré sur mon grand-père alors qu'il avait dix-sept ans, il avait voulu protéger son propre père, mon arrière-grand-père, lors d'un contrôle, où il était malmené. Elle tenait l'histoire d'un de ses oncles, mais personne n'avait jamais osé demander les détails à mon grand-père. Il était respecté, et tous les 1er novembre, il participait au défilé des vétérans lors de la fête de l'Indépendance.
Ma famille avait jeté un tapis épais et lourd sur le passé, mais celui-ci revenait toujours comme un hoquet persistant ou une mauvaise herbe tenace, alors ils ont coulé du béton, mais le passé a mille façons de refaire surface.
Papy n'avait aucune animosité contre les Français et lui rêvait plutôt de retrouver ses copains d'enfance, de l'école française.

Il me disait de ramener des pieds noirs pour le rencontrer à Oran, qu'il se ferait un plaisir de les accueillir. Mon grand-père est venu en France en 2014 pour régler des affaires, il était gérant de plusieurs boutiques et parkings pour une société française à Oran. Tout fonctionnait plutôt bien dans les années quatre-vingt puis j'ignore pour quelles raisons les choses ont dégénéré. Ses employés le volaient, car il n'était plus en position de force physiquement pour leur botter le cul, puis le respect envers les anciens a commencé à se perdre. Des jeunes venaient l'intimider, renverser son matériel, et exiger de l'argent. C'était el Hagra : le mépris, la loi du plus fort, et le plus fort dans ce rapport de pouvoir c'est l'État. Alors un jour en lieu et place du parking, mon grand-père a vu s'élever un immeuble en construction. Il n'a rien pu faire, il n'avait pas les relations ni le pouvoir de son côté. Vingt ans plus tard, il est venu à Paris afin d'expliquer la situation à cette entreprise française, propriétaire des lieux, qui avait tout abandonné. Papy, quand ses affaires étaient florissantes, avait envoyé une offre pour racheter les lieux. Aucune réponse. Il faisait tourner le magasin de quincaillerie, et gérait le parking, loué à l'heure. Il avait des employés et rendait des comptes à Monsieur Pierre par téléphone régulièrement. Puis durant les années quatre-vingt-dix, les années de la terreur, des têtes coupées et des massacres de villages entiers, Monsieur Pierre avait arrêté de répondre sans raison apparente. Alors Papy allait de moins en moins au travail, parfois pour épousseter un peu ce magasin vide, pour à chaque fois constater ce qui avait été volé entre ses deux tours de garde. Lui qui était commerçant dans l'âme, il en a été réduit à être gardien de biens dont personne ne réclamait la propriété, un vaisseau fantôme. Il avait caressé le doux espoir d'acheter cette affaire pour la transmettre à ma mère ou mon oncle. Personne n'en voulait de ce sac de nœuds. Ma mère vivait en France, elle était partie sans se retourner, puis son petit frère, le second de la fratrie, avait essayé de travailler avec Papy. Le résultat était chaotique, les deux hommes étaient têtus, alors ils se disputaient souvent. Puis Tonton a dû fuir pour l'Europe. Papy a vu ses enfants quitter le pays, lui laissant cet imbroglio sur les bras. Il était abandonné et exproprié pour des biens dont il avait officiellement la gérance.

Toujours droit dans ses bottes, il tenait à mettre les choses au clair. Alors en automne 2014, je l'ai accompagné à ce rendez-vous, au siège de cette grande entreprise française dans l'Est de la France. Papy était bien habillé, il avait toujours des mouchoirs en tissu, de belles chemises impeccablement repassées et un beau costume. Nous étions à la gare de l'Est, on prenait un dernier café avant de monter dans le train direction Strasbourg.

— On n'est pas en retard ?
— Mais non, on a le temps Papy.
— Tu as bien ma mallette avec tous les papiers ?
— Oui, finis ton café tranquillement.
— J'avais quatorze ans quand j'étais ici la première fois, j'étais nerveux pour mon apprentissage en plomberie à Colmar, c'était en 1955. Comme j'ai aimé Colmar, la plus belle ville que j'ai visitée, bien plus belle que Paris.

Il paya, se leva et prit sa valise à roulettes par la poignée, à l'ancienne. Comme elle était un peu lourde, je la lui ai prise des mains, mise sur ses roues et commencé à la tirer.

— Donne Papy, tu vois ça roule, pas la peine de la porter ! Il me l'arracha des mains pour la porter de nouveau.
— Tu vas abîmer les roues !

J'ai ri, déconcertée par son entêtement.

Nous avons été reçus poliment, nous avons été écoutés, mais le patriarche, Monsieur Pierre, n'était pas là. Monsieur Pierre, je m'en souvenais vaguement, car il y avait une photo de lui dans notre maison en Algérie. Ils étaient tous les deux devant l'usine de Colmar, le maître et son apprenti, un homme grand et dans la force de la vingtaine, une main sur l'épaule de Papy, encore un adolescent frêle aux oreilles décollées.

Il était venu, deux ou trois fois avec sa femme et ses enfants, nous rendre visite à Oran. Ma famille avait mis les petits plats dans les grands pour les accueillir et mes grands-parents étaient très heureux de les recevoir. Mamie avait préparé les présents pour les invités de marque; de l'eau de rose et de fleur d'oranger, des dattes fraîches, du thé. C'était en 1986 ou 1987, quand les Algériens étaient encore fréquentables, avant la guerre civile, les massacres. Monsieur Pierre et sa famille étaient beaux, très bien soignés, chics. Je voyais l'admiration dans les yeux de mon grand-père.

En tant qu'enfant, je ne voyais que des gens gentils nous rendre visite, mais avec le regard d'adulte aujourd'hui, ils avaient une attitude de dominants, ils savaient le pouvoir et l'admiration qu'ils suscitaient, ils étaient fiers comme des princes visitant leurs terres.

Le secrétaire général nous a dit qu'il avait repris les rênes et que Monsieur Pierre, étant donné son âge maintenant avancé, ne pouvait plus assurer les réunions. J'ai vu l'immense déception de Papy lorsqu'il a baissé la tête et a donné la boîte de chocolats en cadeau à transmettre à Monsieur Pierre, son ami et patron de trente ans. Les dirigeants nous écoutaient avec sollicitude, mais feignaient de ne pas comprendre tout simplement qu'il s'agissait d'un cas de spoliation. C'était bien leur propriété sur le papier, mais il aurait fallu envoyer quelqu'un sur place pour régler ce litige et que cela n'en valait pas la peine. Ils semblaient réagir comme des voleurs qui ne réclamaient pas leurs biens, car cela ne leur appartenait pas en premier lieu. Le voleur volé ne va pas réclamer son dû. Ils ont vivement remercié Papy pour sa loyauté pendant toutes ces années et de les avoir informés de la situation, qu'ils allaient nous tenir au courant de la suite. Papy a remis le cadastre, les titres de sociétés, les photos du nouvel édifice, un immeuble de standing, avec des appartements en duplex loués à la classe aisée oranaise.

Il avait fait ce qui était juste, Papy gardait la tête haute, mais son silence dans le train nous ramenant à Paris m'était insupportable. Ils n'ont jamais donné suite. Je lui ai demandé de laisser tomber cette affaire, de profiter de sa retraite. « Oui ma fille, on nous a laissé tomber, comme l'État algérien, comme les Français, c'est bien résumer la situation des Algériens. »

Chapitre 20

Cousins

À la télévision, les informations ne parlent que de terrorisme, d'islam, d'islamistes, et d'attentats. J'ai décidé de l'éteindre. Je me sens étrangère à tout cela. Je dois me dépêcher pour me rendre chez le médecin; je souffre d'indigestion depuis des années, mais avec le temps les choses ont empiré. Je ne peux plus digérer, soit je vomis, soit j'ai la « courante ». Moi qui adore manger, c'est une vraie torture. Ça me demande de la discipline, pour ne pas manger ce qui potentiellement me rend malade. À chaque crise, je dois dire au revoir à la source du mal : les huîtres, les poissons crus, le fromage frais, les éclairs. Chaque épisode est enregistré avec une date et mon cerveau archive les données : les huîtres de Noël 2012, le plateau de fromages de 2013, les gnocchis de 2015, les bulots de Deauville en 2016. Bref la liste devient longue et je ne veux pas manger que des épinards comme un lapin. D'où mon rendez-vous chez le médecin. J'ai dû faire des analyses de sang, faire popo dans les pots en plastique que j'ai déposés au laboratoire plusieurs semaines d'affilée. Rien de glamour.

Là, chez le médecin, au nom espagnol, un gastro-entérologue, la première question qui lui vient, c'est à propos de mon nom.

— Vous êtes algérienne ?
— Oui, enfin mes parents, moi je suis née ici.
— Je suis né à Constantine, vous savez! Je suis d'origine espagnole.
— Ah.

Je ne sais plus ce qu'il m'a dit en substance, il m'a recommandé des romans, des livres historiques, je ne l'écoutais que d'une oreille.

— En effet, c'est un vaste sujet docteur, mais j'aimerais savoir ce que j'ai et si je peux manger un jour des lasagnes sans être malade.

— Justement, vous avez une maladie auto-immune, une déficience de globules blancs, et quand il y a une concentration de certaines substances allergisantes, comme l'histamine, votre corps purge, car il n'arrive pas à se défendre de manière ciblée.
— Ah.
Celle-là, je ne m'y attendais pas.
— Vous avez des antécédents familiaux ?
— Du diabète, ma grand-mère, et quelques tantes aussi. Elle ne peut plus rien digérer où manger à part de la soupe et un peu de poisson.
— Faites des recherches et revenez me voir. Visiblement, je dirais qu'il y a des choses que votre famille n'a pas « Dit-Gérer »...

Putain même pour pouvoir manger convenablement, je devais faire des recherches sur ma famille, bordel! L'univers a des moyens sarcastiques de vous passer des messages !

J'en arrivais encore à la même question, le médecin, qu'il s'agisse de mon nom ou de mes entrailles, me demandait mes origines.

Merde! C'était le cas de le dire. Si je ne voulais plus faire dans des pots en plastique et les déposer au laboratoire tous les jours, je devais creuser la question de mes origines.

Un problème se posait, je ne parlais jamais à mon père, il avait déserté depuis longtemps. Il me restait la famille de ma mère, l'unique famille qui me restait. Avec le temps, mon cœur s'était durci, je n'avais plus envie de les appeler, car les conversations étaient plates, hormis échanger des banalités, et des blagues gênées, par pudeur, pour ne pas dire les vérités que l'on a à se dire. Je me suis résolue à prendre le téléphone, j'ai demandé à une de mes tantes, la plus jeune, de répondre à quelques questions, et j'en ai appris des choses.

— Bon, le médecin me demande si on a des maladies dans la famille, hormis le diabète de Mamie et son problème de digestion ?
— Je ne sais pas.
— Tonton Saad, il avait des calculs biliaires non? Figure-toi que moi aussi, à 36 ans, tu te rends compte. Il est bien mort de ça non ?

Une minute de silence s'installa comme si elle hésitait à me dire quelque chose.

Le frère de ma grand-mère était mort dix ans plus tôt, sa vésicule biliaire avait explosé. Il venait d'avoir cinquante-six ans. Je l'aimais énormément, il nous emmenait à la plage avec tous les autres cousins et il prévoyait toujours un pique-nique avec des sandwichs à la calentica, un flan salé à base de pois chiches à l'harissa et de la pastèque en dessert. Je l'aimais comme un père. Il m'avait acheté un sifflet en forme de canari une fois quand j'étais malade. Il était le seul à me redonner le sourire. Sa mort avait été et restera toujours une peine inconsolable.

— C'est bien ça? Sa vésicule biliaire a explosé, trop de calculs c'est bien ça? Dis-moi, je dois savoir s'il-te-plait, pour ma santé.

— Mais j'en sais rien, c'est la version officielle ça, mais moi je peux te dire qu'il était alcoolique. C'était un alcoolique. Rien de génétique là-dedans.

Ça m'a coupé le sifflet net. J'ai imaginé souffler dans le canari jaune et aucun son n'en sortait.

— Alors là, tu m'apprends quelque chose.

— Je sais, personne ne dit la vérité ici. Moi je te la dis.

— Merci Yasmine. Passe-moi Mamie s'il-te-plait.

Elle a pris le combiné du téléphone, sa voix était faible, elle devait être fatiguée, mais j'étais déterminée à avoir des réponses.

— Mamie, tu peux me dire quelles sont les maladies de la famille?

— Mais quelle question! Pourquoi me parler de ça? Ce n'est pas bien ma fille de parler de maladie et de morts. Tu vas attirer l'œil! Jette du sel devant ta porte.

— Mais non, dis-moi juste de quoi sont morts les gens de ta famille, c'est pour mon médecin.

— Les morts sont morts, ici on ne cherche pas à savoir pourquoi. Dieu les appelle et voilà.

Ce type de phrase me rendait dingue, on ne parlait jamais dans cette famille de taiseux, qu'un oncle soit mort de la guerre ou d'une maladie, on n'en savait jamais rien.

— Bon... Comment tu as rencontré Papy?

— C'était un mariage arrangé ma fille. On me l'a montré la veille du mariage, on m'a dit voilà ton mari. C'est tout.

— Et, dis-moi, entre nous, il t'a plu ?
Silence, je l'ai imaginée hausser les épaules comme elle faisait souvent.
— Mon père connaissait son père, dans le même village. Mon père était un fellah, un agriculteur, droit et de bonne famille. Eux, ils vivaient comme des Européens, ils parlaient français, ton grand-père venait de rentrer de France, j'avais dix-sept ans, lui vingt. C'était en 1960, on s'est mariés et la vie a suivi son cours, à l'époque tu ne posais pas de question.
— Et Papy, ses parents venaient d'où ? Ma
grand-mère a ri.
— Ses parents étaient cousins du même village, avec tous les mêmes noms, pour sauvegarder leurs terres, leur patrimoine. Une partie de leur famille vivait à Perpignan et l'autre à Oran. Tu te souviens de son frère Ahmed ? Celui en fauteuil roulant ?
— Oui très bien.
— Bah voilà. C'est pour ça qu'il lui manque des cases à Papy. Mamie riait d'un rire enfantin, elle avait retrouvé de la vigueur. Quelle horreur, mon grand-père était un enfant consanguin.
Je comprends mieux ma maladie génétique.
— Et toi Mamie ? Tes parents étaient cousins aussi ?
— Starfallah, dieu m'en protège, non, les fellahs, au contraire, eux voulaient des enfants forts, alors ils ne se mariaient pas entre eux !
— Ça a du sens, je comprends.

J'avais eu la chance de connaître ma Deda, mon arrière-grand-mère, elle mettait du henné sur ses mains, ses pieds et ses cheveux, qui étaient devenus orange à force. Elle portait toujours un foulard berbère, elle avait des tatouages sur le visage et les mains, un nez aux narines très larges, des yeux noirs comme des perles de nacre, emplis de douceur et de force. Elle n'était pas noire, mais presque, surtout, ses enfants étaient tous différents; Saad était très basané, sa sœur, ma grand-mère, est aussi blanche que Blanche Neige, d'ailleurs on l'a surnommée El Bayda, et une autre sœur, Marnia, était noire, une vraie mauresque. Moi je suis blonde à la peau mate, alors ma grand-mère me donnait un petit nom, Negrita taïi ; Ma petite Noire. C'était le nom plein d'amour qu'ils se donnaient entre eux dans sa famille. Je pouvais être une Roumia pour mon grand-père et une Negrita pour ma grand-mère. Cela n'a jamais été contradictoire pour moi.

— Pourquoi tu m'appelais « Negrita taîî» quand j'étais petite Mamie?

— C'est ce que tu es pour moi. Les vrais Oranais étaient tous noirs à l'origine, une de mes sœurs était Samra, mate de peau.

— Comment est-ce possible?

— Je ne sais pas, c'est Dieu qui décide, ma fille. Déda était très foncée comme tu le sais. Son nom était Khodja, on disait que c'était un nom turc, mais sa mère, ma grand-mère, ressemblait à une Bédouine.

— Merci Mamie.

Alors après cet appel, j'étais encore plus confuse qu'avant, toujours sans connaître l'origine de mes maux intestinaux. Perplexe, je ne savais plus, je me sentais autant noire, que juive, qu'arabe, qu'ottomane, qu'européenne. J'étais l'Histoire de l'Algérie à moi seule.

Chapitre 21

Pas de panique

À Paris, il m'arrivait souvent d'avoir des comportements extrêmes, soit je rentrais de soirée une chaussure en moins, saoule et peu glorieuse après avoir vomi sous un abribus ou dans des buissons, soit j'étais cette fille sérieuse, un livre à la main. Ce mercredi-là, en me réveillant j'ai réalisé que j'avais laissé mon manteau dans le Uber en rentrant d'un dîner arrosé au Manko dans le VIIIe avec d'anciens collègues en fonds d'investissement. Je regrettais d'y être allée, ces gens font ressortir le pire en moi, je redeviens sombre, cynique. J'écoutais avec délectation qui avait baisé qui sur un deal, comment un tel avait fait faillite ou un autre était accusé de délit d'initié. Je riais aux éclats par méchanceté, ravie qu'un connard qui avait essayé de me peloter lors d'un consortium sur l'investissement responsable finisse par mordre la poussière, je me sentais comme Ray Liotta dans le film Les Affranchis, sans le cigare à la main. J'ai laissé un commentaire au chauffeur Uber, qui a gentiment accepté de me ramener mon manteau, entre deux courses. Sa gentillesse m'avait réconciliée avec le genre humain. Quand il est arrivé devant chez moi, garé en double file, vitre baissée, il écoutait Khaled, la chanson «Yamina», où le chanteur d'Oran appelle son amoureuse affectueusement El Negrita. Ça m'a fait penser à Mamie et j'ai souri en récupérant mon manteau.
Ce mercredi-là, je suis allée à l'église, non pas pour l'office, je ne suis pas chrétienne et déteste les rassemblements de toute sorte, mais pour expier mes médisances de la veille. J'avais bu un café au Fumoir, écrit deux ou trois pages, puis je suis allée me recueillir à Saint-Germain de l'Auxerrois, l'église des rois, juste en face du Louvre. J'aimais y faire une sorte de pèlerinage, admirer les vitraux, apprécier le silence, m'asseoir, méditer, faire une prière du style « Seigneur, je ne sais pas trop ce que je fais là, mais je t'en prie, guide mes pas, même si je n'ai souscrit à aucun abonnement ou carte de membre, merci ! »

Parfois, je priais pour l'humanité, en disant, « Pardonne-nous, on ne sait pas trop ce qu'on fait, mais ça tu l'as déjà remarqué. Si tu as encore à cœur de nous sauver de nous-mêmes. S'il-te-plait, sauve-nous. »

Parfois, s'il m'arrivait d'avoir un ou deux euros en poche, je brûlais un cierge.

Cette pratique, peu orthodoxe et profane, m'apportait du réconfort et je repartais un peu plus apaisée. Souvent, c'était un appel, inexpliqué, je voyais une église, il fallait que j'y entre et prie. Une musulmane qui prie au hasard des églises, c'est peut-être singulier, mais selon moi c'est le même Dieu, peu importe le temple. Ce mercredi-là, je n'avais pas prévu d'y aller, c'était encore un appel, alors j'y ai répondu.

Je me retrouvai assise, là, à regarder les statues de Marie et Jésus, à prier en silence. Je me mettais plutôt au fond de l'église ou sur les côtés, comme une élève pas très studieuse qui n'avait pas envie de se faire repérer par l'instituteur. Au premier rang, devant l'autel, une jeune femme de mon âge, assise sur les chaises en bois, avait les épaules qui montaient et descendaient, elle sanglotait visiblement. Sa peine était grande, je l'ai ressentie même assise vingt mètres derrière elle. Sa peine est devenue ma peine et je me suis mise à pleurer aussi. Parmi les éléments inexplicables de mon comportement, comme ces appels irrépressibles de rentrer prier dans une église, une pensée m'était venue : cette femme était en deuil. Après un long moment, elle se leva, se courba en avant devant le Christ et fit le signe de croix, avant de se retourner pour partir. J'ai fermé les yeux, refusant de la voir, car si je voyais ses yeux mouillés, j'aurais encore pleuré. Après son départ, l'ambiance s'est apaisée, j'ai pu me recueillir plus sereinement, elle avait emporté sa peine avec elle.

Pourquoi je pleurais pour la peine d'une inconnue? Je n'en sais rien, si le rire est communicatif, les pleurs le sont peut-être aussi. Je ne pleurais pas souvent pour mes propres peines, peut-être j'avais besoin d'un catalyseur? Je sortis de là plus légère, réconfortée. Le soleil aveuglant de juin me prit par surprise après l'obscurité de l'église. J'avais rendez-vous avec une amie, Victoria, venant de Lyon pour le week-end.

Victoria venait quelques fois à Paris pour le boulot et elle prolongeait son séjour pour passer un peu de temps avec moi et d'autres amis, des Vénézuéliens avec qui nous adorions danser et écumer les bars rue des Dames. Je la retrouvai devant la gare Saint-Lazare pour ensuite rentrer à la maison. Comme la ligne 13 était infernale aux heures de pointe pour se rendre aux Batignolles, nous prîmes le bus.

Victoria avait sa valise à roulettes et son ordinateur portable, c'était plus prudent de prendre le bus, je m'étais fait voler mon portable dans la ligne 13, un mois plus tôt. J'avais pleuré en m'en rendant compte, puis j'étais allée au commissariat pour porter plainte. Je me sentais désemparée à l'idée que quelqu'un vole mes photos, mes contacts, mes conversations avec mes amis et mes amants. Une expérience douloureuse qui m'avait décidé à prendre le bus plus souvent.

Victoria attirait l'œil avec son trench rouge et son 1m75, et là elle portait des talons, clairement pas le code vestimentaire de la ligne 13. Le bus était bondé alors nous sommes restées debout, le nez collé à la fenêtre.

— Pourquoi il y a des drapeaux français accrochés aux balcons ?

— Suite aux attentats du Bataclan, des cafés et du Stade de France. Pour montrer notre solidarité.

— Ah bon? Mais nous on n'a pas fait ça, c'est plutôt les nationalistes du FN qui mettent des drapeaux au balcon, c'est plutôt mal vu.

— Oui? Bah non ici c'est pour dire qu'on est fiers d'être français.

— Eux aussi, c'est marrant comment les symboles peuvent changer de sens, d'une ville à l'autre.

— Écoute, c'est tout ce que les Parisiens ont trouvé pour l'instant, ça et les fleurs devant les lieux touchés.

Pour la première fois, je comprenais alors qu'une autre Française, d'une autre ville, vivait les choses différemment de nous, les Parisiens. Au moment précis où cette pensée traversait mon esprit, une explosion retentit dans la rue, à l'arrière du bus et tous les voyageurs, moi y compris sauf Victoria, ont hurlé de terreur, recroquevillés sur eux-mêmes. Un moment de silence, le bus s'arrêta. Le temps figé. Une fumée apparut à l'arrière du bus. Une femme s'est alors jetée contre la porte, a appuyé sur le bouton, mais la porte ne s'ouvrant pas, elle a supplié le chauffeur du bus d'ouvrir les portes.

Il refusa d'un hochement de tête, lui aussi regardant à gauche et à droite.

J'étais terrorisée, mon bras agrippé à Victoria, qui était calme et ne comprenait visiblement pas cette panique.

Une minute passa.

Le chauffeur du bus fit une annonce au micro pour nous rassurer, le pneu arrière gauche avait explosé. Rien de grave, il fallait attendre le prochain bus, et il allait ouvrir les portes rapidement. Une fois les portes ouvertes, tous les passagers ont littéralement sauté du bus et marché, sans attendre le prochain.

— Mais vous êtes tous fous ici ma parole! Victoria prit sa valise, bousculée et pressée vers la porte.

— J'ai cru à un attentat, une bombe, lui dit une dame âgée.

— Moi aussi, j'ai répondu. Mon cœur s'est arrêté!

— Putain! J'ai grave flippé, dit une jeune fille en enlevant ces écouteurs.

Victoria soulevait un sourcil et restait dubitative face à nos réactions. En nous éloignant, elle me dit,

— Vous êtes un peu paranos, non?

— Tu n'as pas eu peur, toi? Et en entendant le boom, tu t'es dit quoi?

— Je ne sais pas, non. J'attendais de voir de quoi il s'agissait, mais je n'ai pas pensé à un attentat. Peur, peur de quoi? Mourir? Tu peux mourir en traversant la rue, ou même t'étouffer avec ton pain de mie seule chez toi, alors non je n'ai pas peur. Vivre, c'est aussi le risque de mourir à chaque instant.

— Bon avant de mourir, tu ne veux pas manger libanais? Je préfère mourir le ventre plein ou m'étouffer avec du houmous. Allez, viens, il y a des migrants syriens qui ont justement ouvert un restaurant près de chez moi.

Chapitre 22

Figuier et jasmin

Comme j'envie les personnes qui peuvent dormir, insouciantes, légères. Depuis des années je suis insomniaque, impossible de trouver le sommeil entre 3 heures et 6 heures. Il aurait fallu que je chasse mes souvenirs, que je devienne amnésique, afin de pouvoir m'endormir paisiblement dans les bras de Morphée. Parfois, j'envie l'innocence des enfants qui dorment, s'imaginant en sécurité, dans les bras de leurs mères. Seuls les anges peuvent s'endormir, ignorant l'enfer qui les entoure.

Mon cerveau est toujours en alerte, je ne connais pas le mot paisible, pour moi on est toujours au bord du précipice. Si je vous demandais quel est votre premier souvenir? Vous sauriez me le dire ?

Je dois sans effort remonter aux jours heureux vécus dans la maison familiale avec mes grands-parents à Oran pour retrouver un semblant de quiétude. Je suis née en France, mais j'ai eu la chance de vivre ma petite enfance en Algérie. Alors ma mémoire me ramène dans le quartier de Maraval, dans la villa blanche et bleue entourée de thym, de lauriers roses, aux parfums de cannelle et fleur d'oranger. Quelle bénédiction d'avoir pu passer plusieurs mois avec eux, alors que ma mère essayait de redémarrer en France, de retrouver un appartement, et un travail permanent, après que mon père ait déserté.

Vu que nous étions une famille nombreuse et que ma mère était l'aînée, je me suis retrouvée avec deux tantes de respectivement trois ans et six ans de plus que moi, un oncle de dix ans et un autre de vingt ans mon aîné. Une ribambelle de gosses, plus les cousins hérités à gauche et à droite. Chez nous, il était courant d'élever quelque temps les enfants des uns et des autres, si les parents travaillaient dans une autre ville ou pays. Le temps de bien s'installer.

Une vraie confusion de sentiments : j'appelais ma grand-mère Mâ, pensant qu'elle était ma mère et puis les oncles, tantes et cousins étaient tous mes frères et sœurs. Tous le même sang, tous sous le même toit. Nous jouions à plein de jeux, et notre imaginaire était sans limites. Souvent les mères venaient me voir pour me demander pourquoi j'avais frappé leurs fripons, je rétorquais que le deal était « ils peuvent disposer des jouets le temps de la visite, mais pas voler, car c'était à moi. »

Mâ me disait que ce n'était pas si grave, que je pouvais donner mes jouets, car eux n'avaient rien à la maison. Je répondais simplement :

« S'ils me l'avaient demandé, je leur donnerais de bon cœur, mais eux ils volent et c'est inacceptable.

— Tu as raison ma fille » répondit Mamie en hochant la tête, puis elle me pinça les joues avant de me faire une bise sur le front. Avec ma tante Yasmine, celle qui avait trois ans de plus que moi, nous faisions des tas de bêtises, mais si Mâ nous demandait quelque chose, nous obéissions sans broncher. Notre mission souvent était d'emmener le pain, le Khoubz, qu'elle faisait à la maison, au grand four commun du quartier, appelé la coucha. Nous mettions le plateau de six pains couverts d'un torchon sur la tête, direction la coucha où chacun faisait la queue pour déposer son pain, gâteau, ou brioche. Le boulanger demandait quelques dinars pour l'enfournement et nous revenions en fin d'après-midi après la sieste, et lorsque nous traversions le quartier avec le plateau sur la tête, les voisins nous félicitaient d'être des filles si courageuses et d'aider notre famille. Nous n'étions pas les seuls enfants à accomplir cette tâche, mais comme nous avions la réputation d'être des trouble-fêtes, cela surprenait certains de nous voir si concentrées et sages.

Nous étions fières d'accomplir notre mission et Mâ nous remerciait avec un morceau de pain tout chaud avec du beurre ou du miel dessus, alors que les autres n'avaient pas le droit d'y toucher avant le dîner. Une fois libérées de nos obligations, nous retournions nous accrocher au figuier de la maison, ou essayer d'attraper les chats sauvages de passage et inventer les pires bêtises pensables, jusqu'à ce que l'on nous appelle pour se mettre à table.

De ce figuier, un cousin était tombé une fois, il s'était relevé sans égratignure, mais il s'était soudainement mis à loucher, Mâ Dalton lui avait filé une fessée et puis le lendemain, il avait encore grimpé et retombé la tête la première, et cette fois il ne louchait plus. Alors nous avons nommé l'arbre "El sajra el rouar," le figuier qui louche.

Le dîner était servi dehors, à la fraîche, sur la terrasse en carrelage aux motifs géométriques. On y installait une grande paillasse, des coussins, des tapis et on mangeait en tailleur autour de la table, à la bédouine même si nous avions tout le confort d'une grande maison à l'européenne. Sur les tables basses et rondes, étaient souvent servis sardines et poivrons grillés, frites maisons ou tortilla, chakchouka, ou des tajines, poulet aux olives et citron, agneau aux pruneaux, boulettes de bœuf et petits pois. Être assis permet facilement de passer en position allongée, comme les Romains, pour déguster le dessert, souvent des fruits; figues, raisins ou de la pastèque. Une fois allongé, mon grand-père sombrait dans une douce sieste après les déjeuners.

La douceur des soirées était si agréable qu'il était hors de question de manger à l'intérieur dans la salle à manger, d'ailleurs la longue table en noyer ne servait qu'à faire les devoirs. Quelle époque bénie, quand j'y pense, nous vivions très bien.

Le seul inconvénient de manger à l'extérieur était de se faire chaparder la nourriture par les oiseaux, mais surtout par les chats. À cette époque, aucun chat n'était domestiqué à Oran, ils étaient tous sauvages. Plus d'une fois, j'ai entendu Mâ, les chasser en disant Sab ! une injonction en arabe pour les chasser, mais trop malins, ils ont volé plus d'une fois des sardines grillées juste posées sur la table basse.

Il était commun à l'heure des repas de voir une tête familière surgir de nulle part : un oncle, une tante, un cousin, et de lui faire une place. Pas besoin de prévenir ni d'appeler, l'hospitalité arabe faisait que l'on appréciait les visites impromptues. C'était plutôt un honneur.

Mâ était fière lorsqu'un de ses frères ou sœurs passait en sortant du travail, entre midi et seize heures, l'heure officielle de la sieste pendant laquelle les commerces ferment et où personne ne travaille, pour voir ce qu'elle avait préparé, car c'était toujours délicieux.

Si vous n'aviez pas de visites surprises pendant les repas, cela voulait dire que les gens n'aimaient pas votre cuisine. Dans ce cas de figure, c'était la honte, le déshonneur.

Un de mes grands-oncles lui disait toujours, "Comme j'aime venir chez vous, c'est toujours propre, ça sent bon le jasmin et la cuisine y est fameuse! En revanche, chez les autres..." Et il prenait un air écœuré. Mâ riait et lui embrassait le front.

Alors quand je n'arrive pas à dormir, je retourne là-bas, c'est un sentiment partagé, car ce sont de doux souvenirs, mais c'est une période révolue, perdue à jamais, et cela fait mal. Je ne sais pas ce qui me garde éveillée le plus souvent, les bons ou les mauvais souvenirs.

Chapitre 23

Stupeur et ronflements

Stéphane et moi voulions nous balader ce jour-là. C'était une belle journée du printemps 2016, Paris renaissait après cet hiver lugubre ponctué d'attentats ou tentatives d'attentats, les arbres retrouvaient leur couleur et les fleurs apparaissaient enfin. Je n'avais pas envie de m'asseoir et d'être sédentaire, alors j'ai suggéré que l'on fasse les touristes dans notre propre ville. Je m'étais spécialisée dans les balades le nez au vent à la recherche de verdure et de coins bucoliques, j'avais mes passages secrets.

J'attendais Stéphane à la sortie du métro Ménilmontant, j'étais excitée à l'idée de faire découvrir un nouveau lieu secret et bucolique au Parisien blasé qu'il était. J'avais une robe bleue à fleurs, des collants noirs, des boots en cuir camel, une veste en faux cuir noir et un sac assorti à mes bottes. J'étais d'humeur à flirter, Stéphane avait déjà été archivé dans mes ex, mais j'aimais voir que je lui plaisais toujours, certainement mon côté narcissique.

— Tu es en beauté aujourd'hui ma chère, me dit-il en me faisant la bise.

— Je sais, lui répondis-je.

— Tu me fais traverser tout Paris pour te voir, tu m'emmènes où ?

— C'est une surprise, suis-moi.

Nous nous sommes mis à marcher dans les rues encore calmes du XXe arrondissement ce dimanche, avec juste quelques joggeurs qui passaient par là, ou des pères de famille avec une baguette et de grands paquets de viennoiseries à la main.

— Où étais-tu ces derniers temps ? On ne s'est pas vu depuis le 14 novembre... Tu as disparu, j'ai failli m'inquiéter. Stéphane mit ses lunettes de soleil, la lumière du soleil était furieusement pénétrante.

— J'ai fait une hibernation ou dépression hivernale, puis j'ai aussi fait la fête avec des inconnus, j'ai rencontré cette fille, Sophie, une vraie furie, elle m'a changé les idées, et toi tu étais où ?

— Beaucoup de boulot, puis le soir je lançais Tinder, j'ai butiné, rencontré quelques meufs un peu tarées, puis une fille sympa, Karine, je lui ai fait mon numéro de charme, tour de moto, dîner, dégustation de vin...

— Je vois, je comprends mieux quand tu dis tu as failli t'inquiéter... Tu étais trop occupé à butiner !

— Tu parles. Elles ne sont pas toi, à chaque fois je me disais ça. Si tu voyais comment Karine s'est comportée chez le caviste, elle a tiré la grimace en goûtant le Montrachet; je me suis dit, Halima n'aurait jamais réagi comme ça.

— Si ça se trouve, il était vraiment mauvais le Montrachet... Puis moi, je n'aurais pas accepté une dégustation de vin, chez le caviste, c'est nul. Tu aurais acheté la bouteille de Louis Latour et tu serais venu chez moi. Pas de temps à perdre !

— Exactement.

Il me passa la main sur l'épaule, me fit une bise sur la joue. Sur mes gardes, je restai peu démonstrative. Il me lâcha et nous marchâmes de nouveau l'un à côté de l'autre, comme des amis sans ambiguïté.

— Tu as rencontré quelqu'un ?

— Non. Peut-être, enfin, je profite de la vie.

Je ne tenais pas à partager mes aventures avec Timothée.

— On peut se faire des soirées de temps en temps.

— Être "sex friends" tu veux dire ?

— Oui! Je te garantis de toujours apporter une excellente bouteille.

— Oublie.

Il prit un air déçu.

La première nuit ensemble, un an auparavant, monsieur s'était endormi rapidement, puis j'avais fait de même avant d'être réveillée par un bruit de camion horrible.

Cela ne pouvait pas être le camion poubelle, il n'était que 2 heures de matin, puis Stéphane vivait dans une jolie cour arborée de la rue des Martyrs, donc loin du trafic. J'avais cligné plusieurs fois des yeux avant de me rendre compte que c'était lui qui ronflait. Les murs tremblaient, cela m'avait rappelé mes années de mariage, quelle horreur. Il faut vraiment être amoureuse pour supporter cela. J'ai commencé à m'habiller pour rentrer dormir à la maison, au calme, mon sommeil est sacré, même si je suis insomniaque, je préfère angoisser au calme. Sauf que dans le noir, il m'était impossible de retrouver ma chaussette, j'ai fait du bruit en cognant une chaise, Stéphane s'était réveillé, ce qui m'avait mise dans l'embarras.

"Qu'est-ce que tu fais?" m'avait-il dit en allumant la lampe de chevet.

— Rendors-toi, je ne voulais pas te réveiller, mais je préfère dormir chez moi.

— Tout va bien ?

— Oui je t'assure tout va bien, c'est juste que... En fait... Tu ronfles fort... Ah, voilà ma chaussette... Je prends un Uber, ça va aller. Merci, j'ai vraiment passé un bon moment. Je t'appelle ! »

J'étais partie un peu comme une voleuse, mais j'étais ravie de m'extraire de cette situation. Suite à cela, nous n'avions plus jamais dormi ensemble.

Un an plus tard dans ces rues de Ménilmontant, Stéphane me regardait encore avec du désir, mais moi je savais très bien ce dont je ne voulais pas; un amant qui ronfle.

— Sex friends, je n'aime pas ce terme, plutôt des amis qui se tiennent chaud. Disons que d'ici mes quarante-cinq ans, si toi et moi ne trouvons personne, on pourrait se marier ? Je commence à être fatigué de cette obsolescence programmée des corps gérée par des applis. Swipe* à gauche si elle ne te plaît pas, Swipe à droite si elle te plaît. Ça devient comme un jeu vidéo, un automatisme. Qu'en penses-tu ?

— Tu ronfles Chéri....

Il resta figé un instant face à mon impudence à peine dissimulée, puis me dit :

— D'ailleurs, c'était la première et la seule fois de ma vie qu'une fille se barrait en pleine nuit à cause de mon ronflement, c'était très humiliant.

— Désolée, tu sais que je tiens à la qualité de mon sommeil... Tiens voilà, nous y sommes ! annonçais-je, dans l'espoir de faire diversion.

Il prit son air dubitatif en bas des escaliers, derrière nous il y avait des immeubles modernes, type années soixante-dix. On ne pouvait pas deviner ce qu'il y avait en haut des escaliers. Je commençais à enjamber les marches deux par deux, Stéphane derrière moi.

— Regarde comme c'est beau !

Nous étions soudainement projetés dans un village au faux air de Normandie, avec des maisons cossues auxquelles s'accrochaient du lierre grimpant et des glycines. Nous les Parisiens, animaux d'acier et de bétons, constamment entre quatre murs, dans la circulation ou dans le métro, nous voyions enfin les saisons et le printemps nous ouvrir les bras.

Stéphane sourit comme un gosse, émerveillé, sa déception de pointeur s'était envolée.

— Wow ! Mais on est où là ?

— La Campagne à Paris. Tu vois c'était un village avant, puis cela a été intégré à la ville de Paris au début XXe et ces trois petites rues piétonnes sont restées dans leur jus.

Les yeux de Stéphane se baladaient de droite à gauche sur ce village perché de la porte de Bagnolet.

— J'adore. C'est magique. Ça doit coûter une blinde, une baraque ici !

— Promets-moi de ne pas emmener tes conquêtes Tinder ici pour un premier baiser.

— Jamais! il mit sa main gauche sur le cœur comme s'il jurait sur la bible, mais je savais qu'il mentait, il était déjà en train d'enregistrer sur son téléphone la localisation des lieux dans ses favoris Mapster.

— Je meurs de faim, on bouge ?

Stéphane resta immobile au milieu de cette rue vide avec le chant des oiseaux comme bande sonore, puis il me prit le visage entre les mains, et se mit à chanter du Jacques Brel :

— Ne me quitte pas, moi je t'offrirai des perles de pluie venues de pays où il ne pleut pas.

J'étais circonspecte devant son numéro.

— Que t'es lourd ! Les perles de pluie ne se mangent pas, moi j'ai faim.
Il rit et me serra dans ses bras.
— Allez viens, allons bruncher.

Chapitre 24

Toast à l'avocat

Je gardais jalousement mes coins de paradis à Paris, je ne voulais y voir ni des touristes ni des connaissances. Mes escapades permettaient d'oublier Paris sous état d'urgence, les valises négligemment laissées par les voyageurs perdus qui finissaient explosées à cause du plan Vigipirate dans les gares, les militaires armés jusqu'aux dents dans les rues et le métro, et surtout les sirènes incessantes.

Après notre balade intimiste à la Campagne à Paris, nous sommes allés bruncher avec Stéphane. Nous étions au Paname Brewery Company. J'y étais presque tous les dimanches, le restaurant était monté comme une cabane suisse au bord d'un lac, sauf qu'on était au bord du Canal Saint-Martin, les œufs bénédicte et les toasts étaient divins, sans parler de leur sélection de bière pour un verre en fin de journée. Je passais toujours en revue le lieu afin de repérer si une de mes connaissances ou amis était là, afin d'être sûre de les éviter. S'ils me voyaient, je les saluais de loin, sans me lever. Je déteste parler aux gens le matin avant de bruncher, mais en bonne Parisienne, je m'arrêtais à leur table pour les saluer avant de partir. Cela limite le temps de bavardage. D'un balayage furtif, j'ai noté mentalement qu'il n'y avait personne que je connaissais, on pouvait avoir la paix. On s'est assis
près de la fenêtre pour apprécier la vue.

— Tu as vu l'attaque à l'aéroport de Bruxelles ? je lui ai demandé.

— Oui, et dans le métro aussi… on peut ne pas parler d'autre chose aujourd'hui ? Si j'ai désactivé les notifications sur mon téléphone, ce n'est pas pour en parler au brunch du dimanche.

— Vivre dans le déni heureux, c'est ça ?

— Absolument. Me répondit-il.

En un instant, cela m'était revenu, c'est pour ça que je ne pouvais pas être avec lui. Son côté privilégié, au-dessus de tout, lui qui peut se permettre de ne pas penser à la peine des autres quand cela ne le concerne pas. Comme les fois où il roule avec sa moto sur le trottoir, ou encore les fois où il se gare en dépassant un peu sur le passage clouté. Son air de petit prince à qui les lois ne s'appliquent pas. Quand je lui signifiais une de ses infractions, il haussait les épaules en disant « On s'en fout» avec désinvolture. Il avait raison, il pouvait faire ce qu'il voulait, il n'avait pas de problème avec la police ou autre. Le nanti vivant en dehors de la réalité.

J'étais devenue silencieuse et je le regardais commander ses œufs pochés sur tartines à l'avocat avec légèreté, souriant avec le serveur.

— Tu prends quoi ?

Je n'étais pas sûre de vouloir rester tout à coup.

— Qu'est-ce qui te prend ? répéta-t-il.

— Juste un café s'il-vous-plaît, je verrai ensuite.

Il fut surpris, remercia le serveur, puis s'approcha de moi.

— Il se passe quoi dans ta tête là ?

— Aujourd'hui je n'ai pas envie de t'écouter parler de l'acquisition de ta dernière moto et de tes virées dans la vallée de la Chevreuse.

— Très bien... tu veux parler de quoi ?

— Il y a des gens qui meurent et toi tu as la chance de pouvoir ignorer ça, de faire comme si de rien n'était.

— Des gens meurent chaque seconde dans le monde entier, et ainsi je devrais arrêter de me nourrir? Ça changerait quoi ?

— Je me dis que l'on peut faire plein de choses, agir. Ça ne te dérange pas les réfugiés qui vivent dans le froid sous le pont du métro Stalingrad, juste à côté ?

— Tu arrêterais de bouder si je leur apporte mon toast avocat aux œufs pochés ?

— T'es qu'un con.

Il écarquilla grand ses yeux bleus.

— Pourquoi tu me crois responsable de tous les maux de la Terre?

— C'est les personnes comme toi, qui vivent dans l'indifférence qui permettent à ce système de merde de continuer.
— Je ne veux pas faire partie de ta révolution Che-Guevarette. Ces personnes arrivent et bénéficient de la couverture sociale universelle financée par nos impôts...
— Va-te-faire foutre Stéphane, ton comptable s'arrange toujours pour ne pas te faire payer tes impôts.
J'ai pris mon manteau et je me suis levée.
Stéphane n'a pas eu le temps de réagir, j'étais déjà dehors. Le vent frais me soufflait au visage, je pouvais enfin respirer. J'étouffais avec ce bourgeois, dans ce café instagrammable, aux serveurs tatoués et barbus et ces putain de toasts à l'avocat à vingt-cinq euros.
Je décidais de descendre le Canal Saint-Martin, direction la Rotonde de Stalingrad.
Sur le chemin, il y avait la douceur d'un dimanche printanier à Paris, des amoureux enlacés, un groupe qui jouait à la pétanque, des enfants sur des tricycles, leurs parents fiers, qui veillaient sur eux. La belle vie, quoi.
Je m'arrêtai pour m'asseoir sur un banc, et j'allumai une cigarette afin de calmer mes nerfs.
Une femme âgée s'assit à côté de moi.
— Vous m'importunez avec votre cigarette, me dit-elle. Comme ce n'était pas le moment de me faire chier, je me tournai vers elle et lui ai dit :
— Je fumais déjà quand vous vous êtes assise madame, pourquoi venir se plaindre ensuite? Vous êtes libre de partir.
Alors que je me tournais vers elle, je reconnus son visage presque familier, je clignai trois fois des yeux. C'était le portrait craché de Gabrielle Chanel. Je devais surement triper.
— Vous êtes bien véhémente mademoiselle. C'est votre dispute avec votre benêt aux yeux bleus, qui vous met dans cet état ?
— Bon vous me voulez quoi au juste? Vous n'avez rien d'autre à faire? Des pulls à tricoter, des pigeons à nourrir ?
— Tais-toi et file-moi plutôt donc une cigarette, cela me dérange moins quand je les fume moi-même! me dit-elle.
Face à son ton autoritaire, je m'exécutai. Je lui ai donné une Marlboro light et lui ai prêté mon briquet.

— Vous ressemblez beaucoup à Gabrielle Chanel. Elle haussa les épaules :
— Moi c'est Andrée. C'est drôle que vous me disiez ça, parce que ma mère était une petite main, une couturière dans ses ateliers de la rue Cambon. Ma mère en avait des histoires sur la patronne, qui avait refusé de les augmenter après une grève, alors elle a fini par partir. Ma mère l'a bien connue la Môdemoiselle Chanel, sous ses airs, c'était juste une sale peau de vache antisémite.
Face à mon air étonné, elle poursuivit :
— Françoise Sagan, voilà une femme! Elle lui a dit droit dans les yeux qu'elle était antisémite en direct à la télé. Cherche l'interview sur internet, tu verras. Pendant la Guerre, la Gabrielle Chanel, que vous les jeunes filles écervelées adulez, a piqué les droits des parfums de ses deux associés, deux frères juifs. Les frères Wertheimer.
— Mais non?
Elle tirait vite sur sa cigarette et fumait comme un pompier, et comme je voulais qu'elle continue, je lui en ai donné une autre.
— Mais si, pendant la guerre elle habitait au Ritz, là où les Allemands avaient installé leur base parisienne, elle couchait avec un haut gradé nazi, le général Schellenberg. Elle aurait espionné pour le compte de cet amant en contrepartie de la libération de son neveu. À la libération, les Parisiens l'ont cherchée pour lui raser la tête comme toutes les autres, mais elle s'est enfuie en Suisse, grâce à Churchill qui l'aurait prévenue à temps. Elle est revenue comme une fleur en 1946, comme si de rien n'était.
— J'apprends des choses, merci.
— Puis tu sais, Môdemoiselle Chanel, elle était rétrograde, elle ne supportait pas les femmes en mini-jupes, à la fin de sa vie, elle n'était plus dans l'air du temps, même plutôt contre l'émancipation des femmes.
Andrée écrasa sa cigarette par terre, et me fit juste un signe de la main pour me signifier de lui en donner une autre.
Je lui en donnai deux et remarquai des trous sur sa veste.
— Vous êtes à la rue Andrée?
— Je t'en pose des questions? Par exemple pourquoi tu es seule sur un banc alors que tu étais avec ton bellâtre aryen à déguster des croissants?

— Je pense justement que je ne veux pas capituler, transiger avec mes valeurs.

— Tes valeurs ? Andrée rit. Tes valeurs ? Ce ne sont que des mots. Seuls les actes comptent, alors que vas-tu faire maintenant ?

— Je ne sais pas.

Elle se leva et partit sans se retourner. J'ai cru à une hallucination tant elle avait disparu rapidement.

Chapitre 25

Babylone

Je ramassais des morceaux de verre cassés sur le sol de ma cuisine à huit heures du matin. Je cassais des tas de choses chez moi à cette période, par maladresse souvent, par colère enfouie certainement. La nuit avait été rude, j'avais peu dormi et mes rêves étaient sombres. Le réveil était douloureux, un cauchemar m'avait épuisée, vidée. En ouvrant le placard du haut dans la cuisine, pour attraper la cafetière, un plat en verre était tombé à mes pieds, brisé en mille morceaux, faisant ainsi une Voie Lactée sur mon sol en béton ciré noir. J'ai soupiré, puis j'ai eu envie de pleurer, puis la colère est vite venue. Une colère contre ma gaucherie, puis contre le monde. Si j'avais pu, j'aurais tout cassé, tout fait exploser. Les images du cauchemar me revenaient par bribes. J'avais rêvé de l'île de Gorée à Dakar, j'étais une femme noire faite esclave, chaînes aux pieds et aux mains, je voyais mon bourreau prendre mon enfant et l'attacher au sol, le mesurer et le noter dans son carnet d'inventaire. Je pleurais, suppliais et priais Dieu pour sortir de là. Quand je m'étais enfin réveillée, il m'avait semblé que mon esprit contenait toute l'Histoire des atrocités commises par les hommes. Je n'ai jamais lu la Bible, mais je sais qu'il y est écrit que Dieu a fait l'homme à son image. J'en doute, je pense qu'il n'y a sur Terre que les hommes et eux ont créé le Diable à leur image. Si Dieu nous avait abandonnés, le Diable, lui, prend des notes pour s'inspirer des actions de l'Homme.
Je ramassais ces bouts de verre en repoussant le moment d'allumer l'ordinateur comme tous les matins. Mon rituel consistait à regarder les nouvelles, puis écouter de la musique en buvant mon café. Ce matin-là, j'appréhendais de me connecter au monde. Mon téléphone et mon ordinateur, je les imaginais pourrir de l'intérieur avec des asticots qui en sortaient.

Le monde était pourri, en décomposition, la terre souillée de métaux lourds, les océans pollués de plastique. Je devais passer une autre journée dans cet enfer. Regarder les informations, pour voir encore des humains s'entretuer? Des guerres, des attentats, de la torture, les journaux télévisés étaient une mauvaise adaptation du film « Idiocracy ». Je décidais de jeter mes idées noires avec ces morceaux de verre. Comme pour conjurer le mal.

J'ai pris plusieurs inspirations et bu mon café en écoutant Chopin, la Nocturne en C mineur, rien de mieux pour m'apaiser. Une telle beauté, une telle douceur à mes oreilles, une magnifique création de l'Homme, enfin un homme. Cela me donnait espoir, l'Homme était aussi capable du meilleur. Les larmes montaient, mais ne coulaient pas. J'étais vivante, en bonne santé, dans le confort de mon studio parisien, pourquoi je me sentais alors comme une rescapée ?

Est-ce qu'il existe assez de belles choses, de belles actions pour contrer tout ce mal? Existe-t-il un équilibre entre le Yin et le Yang ? Ou alors, comme dans Star Wars, il y a un déséquilibre dans la Force? Si oui, que faire pour apporter de bonnes actions afin que je ne me lève plus, brisée par l'absurdité du monde? J'ai décidé d'écrire à ce moment-là, afin de laisser une trace, pour dire qu'une personne, voire plusieurs, refusait cette barbarie humaine, cette voracité, cette course à l'argent et la domination de leurs semblables. Ensuite, j'ai arrosé mes plantes, cela m'apaisait et l'idée de soutenir des êtres vivants, dénués de violence, me paraissait remettre de la bienveillance dans ce monde.

Le seul salut était dans la découverte des chefs-d'œuvre et des vestiges de l'Histoire, alors je me suis évadée dans les musées. Il me fallait de belles créations pour retrouver foi en l'humanité. Je décidais d'aller au Louvre, le seul temple rassemblant les plus beaux trésors du monde. J'avais rendez-vous avec la Joconde, Elisabeth Vigée-Lebrun, et surtout les arts de la Mésopotamie.

Une fois sur place, je fis face à une foule compacte, une longue file d'attente s'étirait sur le parvis du Louvre, alors que nous étions jeudi matin. Attendre un peu ne me dérangeait pas; ce qui me répugnait c'était la foule. Je craignais de me retrouver écrasée ou piétinée lors d'un mouvement de panique.

L'entrée était saturée à cause des portiques de sécurité où chacun devait montrer patte blanche, enlever son manteau, déposer son sac, son portable et ses clés. Depuis les attentats, des lieux aussi anodins qu'un musée ou de grands magasins, se sont transformés en checkpoint ou en portique d'aéroport. La France était sous état d'urgence, il y avait en permanence une menace. Résignée, je vidai mes poches dans le bac en plastique, passai mon sac aux rayons X, et acceptai que le vigile y jette un œil. J'entrai finalement dans mon musée.

Le flot des touristes était incessant, le bruit était insupportable. J'entendais des commentaires et conversations futiles le long de mon parcours. J'ai évité d'aller vers la Joconde, la plus recherchée. De toute façon, cela ne doit pas être la vraie Gioconda exposée là, la peinture a été volée par un employé italien, Vincenzo Perugia en 1911, qui pensait se faire justice en récupérant les œuvres italiennes pillées par Napoléon. C'est avéré que ce dernier avait volé des sculptures, tableaux et fresques, y compris dans les églises, et que le Louvre était rempli d'œuvres accumulées lors d'expéditions contre l'Italie et appropriées en Asie ou en Afrique durant la période coloniale. Sauf que Mona Lisa avait été offerte par Leonardo da Vinci à François 1er. Le pauvre Vincenzo était patriote, mais peu cultivé. En 1914, il fut arrêté et la toile rendue à la France, mais des suspicions subsistent quant à l'authenticité de cette Joconde.

Ma tête se mit à tourner, des touristes prenaient des selfies devant les œuvres, et je voyais au loin dans la salle de la Joconde s'agglutiner les badauds pour leur autoportrait avec Mona Lisa. J'étouffais de nouveau, cette sortie n'était pas une bonne idée. Je devrais peut-être aller à l'église en face, celle de Saint-Germain l'Auxerrois, qui est vide en toute circonstance. Puis je changeais d'avis, je me décidais à voir mon aile préférée; les antiquités orientales, moins fréquentées. L'aile mésopotamienne, où se trouvent les deux vestiges qui me fascinent le plus, le Code de Hammurabi, et les Taureaux ailés de la porte de Babylone.

Le premier, un code de loi prébiblique rédigé par le roi de Babylone. Je m'enorgueillis que les premières lois jamais trouvées viennent du Proche-Orient. Je ne lis pas l'écriture cunéiforme, mais le cartel explique que la stèle établit les lois régissant l'économie, la famille, la religion et d'autres aspects de la vie quotidienne. Passionnée par le sujet, j'avais lu que le code avait été reproduit sur des petites tablettes d'argiles afin d'être diffusé, de manière plus portable, au sein du royaume. Les Sumériens avaient inventé l'iPad avant Apple. Certes, les tablettes fragiles ont disparu, mais la stèle de basalte avait réussi à résister au temps et avait réussi à parvenir jusqu'à nous.

Le second, les taureaux ailés à tête d'hommes, en albâtre, représentaient le courage et la force. Les Assyriens les appelèrent Lamassus, des anges gardiens, c'était peut-être pourquoi j'aimais leur rendre visite au Louvre, comme un pèlerinage.

J'ai toujours été nostalgique quand j'imagine la vie à Babylone, la richesse de sa culture, son ingéniosité architecturale, son opulence, ses jardins suspendus et sa tour au bord du Tigre. Je suis sceptique face à la description qu'on en fait dans la Bible, comme la ville du péché et de la décadence. Ils vénéraient des pierres et des taureaux de bronze, est-ce mieux que de porter des croix autour du cou, représentant un homme torturé? Et si Jésus avait été écartelé, quel aurait été le symbole à la place des croix? Ou pire encore s'il avait été empalé ?

Des fois, je ne sais plus qui sont les barbares, certainement tous les hommes.

Je regardais les Lamassus. Ils m'observaient, du haut de leurs quatre mètres de haut, moi, la petite humaine aux multiples réflexions sur le sens de l'Histoire. Ils ne pouvaient pas répondre à mes questions. L'Irak aujourd'hui est un pays en ruine, alors que c'était un pays riche. Comme beaucoup de pays arabes, l'Irak devait être victime de ses propres démons, la fascination pour l'Europe au début du XXe siècle, puis le rejet du colonialisme, le besoin de nationalisme arabe, qui passait par la recherche de salut auprès d'une figure paternelle dans les bras d'un dictateur. Saddam Hussein a été, on l'oublie souvent, le grand ami des Américains et des Européens pour faire du commerce de pétrole contre des armes dans les années soixante-dix. Il avait été reçu avec les honneurs et soutenu contre la guerre en Iran. Il a alors géré le pays tel un business familial, comme d'autres dirigeants arabes d'ailleurs…

Lorsqu'il a décidé d'envahir le Koweït, chasse gardée des Américains, il est ainsi devenu infréquentable.

Les Irakiens étaient des gens adorables, mais à l'accent arabe le plus incompréhensible pour moi. Début 1993, ma mère et moi avions rencontré des Chaldéens, des chrétiens d'Irak, installés à Paris, une famille adorable, le père était agent immobilier, sa femme s'occupait du foyer et de leurs quatre enfants. Ils nous avaient invités à un mariage dans leur communauté à Sarcelles. Nous avions dansé tous ensemble main dans la main en haussant les épaules sur une musique de tambour étourdissante. Je n'avais pas l'habitude et je finis par tomber malade. Mais quel souvenir ! Ils ne parlaient pas de politique, ils ignoraient Saddam Hussein et ses actions. Lui avait adopté la politique de l'abandon, tandis qu'une grande partie du pays, notamment les villes et villages tenus par le parti Baas, se modernisait avec routes et électricité, les villages chaldéens, chiites et kurdes étaient laissés de côté. Dans sa folie des grandeurs, Saddam Hussein voulait faire déterrer et reconstruire les remparts de Babylone, avant d'abandonner le projet pour dépenser son budget dans la guerre du Golfe. À l'âge de sept ou huit ans, en 1991, je découvrais à la télévision des images de guerre avec tirs de missiles dans la nuit. Cela ressemblait à des lumières vertes au milieu de la nuit, à deux pas de Babylone, la guerre prenait des airs de jeux vidéo.

Chapitre 26

Instagrammable

Mon téléphone se mit à vibrer, c'était Stéphane, j'avais ignoré ses messages depuis le dimanche précédent où je l'avais planté au brunch. Ma rencontre avec Andrée, cette femme SDF aux airs de Coco Chanel et à la verve acide parisienne m'avait interpellée. Le manque de sommeil me fait parfois douter de ma santé mentale.

Je décrochai cette fois,

— Ha! Tu es vivante! me dit Stéphane d'un ton sarcastique.

— Toi tu n'es pas mort...

— C'est ce que tu me souhaites? Tu m'en veux à ce point?

— Es-tu vraiment vivant, avec un cœur? C'est plutôt la question.

— Parce que je ne m'intéresse pas aux réfugiés ?

— Parce que tu ne t'intéresses qu'à toi.

— Ouch. Ça fait mal. Tu es d'humeur assassine, et Dieu que j'aime ça. Bon tu es où ? Tu fais quoi? Je peux me faire pardonner si je t'invitais à déjeuner ?

— Laisse Dieu en dehors de ça, je suis au Louvre, j'avais besoin de revoir des trésors archéologiques.

— Mais alors c'est donc ça, c'est un amant archéologue qu'il te faut!

— Exactement. Un Babylonogue pour être plus précis.

— Si je me déguise en Indiana Jones, j'aurais des chances de te reconquérir ?

— Absolument pas.

— Tu tires à balles réelles aujourd'hui... Et ce déjeuner? Bistrot Vivienne, toi et moi, 13 heures? On parle de ce que tu veux. Tu donnes ton TedTalk et je prends des notes, promis.

— Parfait. À toute !

Je raccrochai un sourire aux lèvres, ravie de cette perspective de déjeuner de réconciliation avec lui.

Quand je levais les yeux, là sur le socle en marbre entre deux statues, une jeune femme brune, en robe rouge et en talons hauts, posait en position Bambi, poitrine en avant et fesses cambrées, les mains sur les fesses en marbre des Vénus. Son amie devant elle la prenait en photo, et lui indiquait comment améliorer ses angles pour mieux capter la lumière. La procédure des influenceuses que l'on voit d'habitude sur Instagram. Je fulminais, regardais autour de moi pour voir si un gardien ou une autre personne était témoin de ce sacrilège, mais personne. D'un pas décidé, j'avançai vers elle, telle la protectrice de mon temple. J'entendis qu'elles parlaient espagnol avec un accent colombien. Pas assez confiante en mon niveau d'espagnol, je m'adressais à elle en anglais pour lui dire qu'il était interdit de toucher les œuvres et encore moins de poser entre deux statues inestimables.

— Mind your fucking business.

Elles m'ont expédiée comme une mouche, et ont continué leur séance photo les mains sur les marbres millénaires.

— Vous ne méritez pas d'avoir accès à ces trésors.

Elles ne se sont pas retournées. Mais elles sont parties, comme si de rien n'était. Ma visite pour ne pas détester la nature humaine avait échoué, j'étais ressortie du Louvre bien plus misanthrope.

Chapitre 27

Auto-immune

Stéphane m'attendait au Bistrot Vivienne dans la rue du même nom.
— Alors, tu as vu Cléopâtre ?
— Il ne subsiste aucune trace d'elle malheureusement ni tombeau ni sarcophage, uniquement des écrits. Des auteurs arabes ont traduit des textes grecs.
— Bien sûr, bon comme la conférence commence, je prends des notes, tu vois moi je suis un fils de paysan du Loiret, je ne connais pas grand-chose à l'Antiquité.
— J'en ai marre d'éduquer les cons. Tu n'es pas un fils de paysan, tes parents possèdent un vignoble, c'est pas exactement pareil.
— Moi aussi je suis content de te voir...
Je baissais la garde, souris, bu un verre d'eau. Je lui racontais mon épisode des influenceuses qui posaient au Louvre comme si elles étaient à Disney Land.
— Ce type de personnes mériteraient la mort par la lapidation, madame l'Ayatollah du Louvre! ironisa Stéphane.
— Ce n'est pas drôle. Si on ne respecte pas les œuvres dans le musée, que reste-t-il ?
— Pour une fois, tu dis des choses sensées. Je finissais mon verre de vin et repris un morceau de mon magret de canard.
« Qu'est-ce qui est sacré pour toi ? »
Stéphane prit un air sérieux, afin de considérer la question, il but un peu d'eau et plongea son bout de pain dans la sauce béarnaise de son entrecôte.
— Je suis un homme, alors je dirais que le plus précieux et sacré pour moi est mon entrejambe. Mon totem sacré, tu vois? Cela dit, je n'interdirais pas à de jeunes influenceuses de prendre des selfies avec leurs mains dessus.

Je ris d'un rire gras et libérateur face à son impudence.
— Pardon, je suis con. Tu sais bien, je t'adore.
— Tu adores toutes les femmes.
— Peut-être, mais chez toi, ton cerveau, il me subjugue.
— C'est un bonnet D.
— Powaah! C'est bien ce qui me semblait! Tes deux hémisphères m'excitent, je peux toucher ta boite crânienne ?
— Non, sale pervers.
Il rit comme un enfant.
— Dis-moi une chose, tu es toujours amoureuse de ton artiste en fauteuil roulant ?
J'ai arrêté de rire, net. C'était un coup bas, un coup de couteau dans le dos. Il savait que c'était un sujet sensible.
— Je n'en sais rien. Tu me fais chier avec tes questions. Amoureuse, je ne crois plus, mais lui il me redonne espoir. Pourquoi tu me demandes ça soudainement ?
— Je suis jaloux, j'en suis parfois arrivé à l'envier.
— Tu en as marre de ta moto, tu préfères un fauteuil roulant pour affronter les embouteillages de Paris, c'est ça? Je peux aussi te casser les jambes si ça te fait tant envie.
— Ne sois pas bête, je l'envie, car il a capté ce qu'il y a là. Stéphane posa son index sur mon front.
— Si ça te fait si mal j'en suis désolée, c'est que nous ne sommes pas réellement amis alors. Tu attends quelque chose que je ne pourrais pas t'offrir, il vaut mieux arrêter de se voir.
— C'est ta maladie auto-immune qui te rend sans cœur avec moi Halima ?

Chapitre 28

Adieu Paris

J'avais quitté Stéphane en bons termes, mais c'était fini pour moi. Je ne le reverrai plus. Ses sentiments déclarés à demi-mot, avait gâché notre pacte, nous étions amis et les amis ne sont pas jaloux, ne se font pas d'avances. J'avais descendu la rue Vivienne, passé l'esplanade du Louvre pour aller sur les quais. J'allais en direction du pont Alexandre III, mon pont préféré. Je voyais la Tour Eiffel au loin. Je n'y étais pas monté depuis mes sept ans, lors de la visite de mon oncle en 1989. C'était l'année des célébrations du centenaire de la Tour Eiffel, ma mère, mon oncle, son cadet de quelques années, et moi, nous tenions à faire partie des festivités, alors nous avions patiemment fait la queue pour les billets et l'ascenseur, avant de nous retrouver tout en haut. La vue était magnifique, je n'avais jamais vu Paris d'en haut auparavant. Nous avions acheté les petits drapeaux et nous avions pris des photos, fiers de vivre ce moment historique de la France. Comme nous aimions la France. Mais dix ans plus tard, Tonton se rendit compte que cela n'était pas réciproque. 1988 en Algérie était le début de la guerre civile. Le gouvernement algérien, laïque, socialiste et soutenu par l'armée, avait décidé de tenir pour la première fois des élections législatives multipartites, une révolution. Mais il n'avait pas vu venir le FIS, Front Islamique du Salut, qui avait tissé sa toile pour capturer les esprits en fournissant à la population de la soupe saupoudrée de prêches extrémistes. Grâce à cette action sociale, Le FIS avait remporté le scrutin, mais le gouvernement n'avait pas voulu reconnaître les résultats. Les étudiants avaient alors commencé à manifester, puis n'ayant pas eu gain de cause, certains avaient fait de parfaites recrues du GIA, le Groupe Islamiste Armé, frange armée du FIS.

Tonton travaillait un peu avec Papy dans sa quincaillerie et le reste du temps, il était vendeur au marché. Afin d'éviter le chômage, il faisait comme il pouvait. Une menace planait au marché, celle de devoir faire du trabendo, du recel, vendre des choses volées. Tonton, toujours droit, avait refusé, mais les pressions devenaient trop fortes. Certains de ses amis faisaient du trabendo aussi, mais la colère grandissait, avec le manque de perspectives dans le pays, ils rêvaient d'exil. Quand un nouvel espoir s'offrit à eux, celui de prendre le maquis avec les fondamentalistes, afin d'expier cette colère contre un gouvernement corrompu, de pantins dits aux mains des Français, certains trabendistes n'ont pas hésité. En 1989, mon oncle était venu en vacances à Paris pour changer d'air, il ne songeait pas à s'exiler en France, mais les années quatre-vingt-dix dites la décennie noire, l'obligeaient à faire un choix. Des Algériens, revenus d'Afghanistan, formés par les Américains pour combattre les Russes, s'étaient improvisés les nouveaux chefs de la guerre sainte en Algérie cette fois. On les appelait les « afghans».

Mon oncle s'était marié et avait un enfant et aspirait à une stabilité, mais ses vieux copains, galvanisés par les « afghans», frappaient à sa porte et lui proposaient la mort comme seule gloire digne et acceptable. Ces amis trabendistes avaient fui et d'autres étaient devenus jihadistes, barbus, armés jusqu'aux dents et vivaient dans les montagnes. La guerre civile avait été effroyable, des massacres de villages en villages, perpétrés par les uns puis en représailles par les autres. Mon oncle devait faire un choix, chacun en Algérie devait choisir son camp. Les deux choix étaient sans issue, s'il y en avait une seule : une mort certaine. Il demanda alors l'exil en France, fit la queue devant l'ambassade de France comme des milliers d'autres, à dormir dehors deux ou trois nuits pour ne pas perdre sa place. Nous étions en 1997, la France avait déjà subi les attentats du RER C et le détournement d'un vol Air France en 1995. Le GIA avait revendiqué ces deux attentats, qui accusaient la France de soutenir le gouvernement qui tuait, selon eux, sa propre population. La délivrance de visa pour des hommes correspondant aux profils de terroristes, c'est-à-dire environ vingt-cinq ans et étudiants, ne se faisait qu'au compte-goutte. Mon oncle, au bout de huit mois d'attente, s'était vu refuser sa demande d'asile politique.

Il était dépité, comment un père de famille comme lui pouvait-il être une menace pour la France ? Cela n'avait aucun sens. Entre-temps, les informateurs de l'administration algérienne, qui voyaient ceux qui voulaient partir comme des lâches, avaient rendu publique la liste des candidats à l'exil. Oui c'était une sale ambiance. Mon oncle n'avait pas tardé à être menacé de mort, puisqu'il n'avait pas choisi le camp du GIA. Alors il se tourna vers l'Autriche, où son beau-frère s'était installé. Tonton obtint deux mois plus tard le statut de réfugié en Autriche. Ce visa avait été un soulagement, mais cela signifiait qu'il ne pourrait jamais revenir en Algérie.

Je l'ai revu en 1999, lors d'une nuit d'escale à Paris chez maman avec sa femme et son fils avant leur vol pour Vienne, cela faisait exactement dix ans depuis notre journée à la Tour Eiffel. Lorsque j'ai mentionné ce souvenir, j'ai bien vu à son visage fermé qu'il ne voulait plus en parler. J'avais conservé le petit drapeau français en souvenir dans ma chambre à côté de notre photo tous ensemble. Je tenais à lui offrir, il me regarda avec douceur, sourit poliment, le prit dans la main et prétexta qu'il n'avait plus de place dans sa valise. J'ai compris alors que pour lui la France n'était plus cette belle histoire d'amour.

Chapitre 29

A la belle étoile

Les vagues de migrants venus de Syrie et d'Irak en Europe, par terre et mer, ont été le déclencheur d'une série de réflexions et de conversations forçant un peu chacun à se positionner. La photo du petit syrien âgé de trois ans, Aylan Kurdi, mort de noyade, dont le petit corps a échoué sur la plage de Bodrum en Turquie, a suscité l'effroi. Face à l'image de ce petit corps inerte, visible et poignant, les Européens ne pouvaient plus ignorer et rester passifs. Aux informations, on parlait de plus de trente mille migrants morts en Méditerranée entre 2015 et 2016. Alors, ceux qui sentaient qu'il fallait agir se sont mobilisés.

Sophie allait distribuer la soupe aux réfugiés, je l'admirais pour ce geste. Elle était descendante d'une famille vietnamienne, ses parents ayant fui la guerre. Elle était comme moi, une fille avec des parents ou grands-parents ayant vécu la colonisation. L'Indochine et l'Algérie ont été le joyau puis le cauchemar de l'Empire français. Alors avec ces racines communes, nous nous comprenions et tentions de réparer quelque chose, une injustice ou autre chose. Parfois, je me joignais à elle à des maraudes, mais cela demandait beaucoup d'investissement personnel, alors je préférais donner des habits, et des tickets restaurant.
Je finis par m'engager, en allant à la station de métro Stalingrad dans le XIXe, là où des réfugiés du Moyen-Orient, des migrants venus d'Afrique, avaient pris possession des lieux. L'endroit était stratégique, à l'abri sous le pont aérien de la ligne 2, ils étaient à l'abri de la pluie. Un camp de fortune s'était créé avec matelas en mousse au sol, couvertures, ou bien des draps. Visible de loin, on ne pouvait détourner le regard de la misère brute qui s'offrait aux passants. Une odeur âpre de pisse se dégageait de ce lieu.

La majorité des gens se bouchaient le nez et ignoraient ces «indigents,» ceux que l'on ne veut pas voir. Sophie se démenait pour leur trouver un logement chez l'habitant, des cours de français, voire même du travail dans les restaurants. Elle avait réussi à monter un collectif de plusieurs services de traiteur et de restaurants fait par des migrants.

Moi, je n'arrivais à déployer autant d'énergie et de rage, alors je faisais comme je pouvais, je collectais des habits pour adultes et enfants, et les distribuais. Rien que cette mission exigeait une logistique élaborée. Il fallait transporter et trier à un rythme effréné.

Une fois dans la rue, il fallait gérer et tenter d'avoir de la discipline pour éviter les tensions. Mon premier jour, lorsque j'avais donné un pull à une femme afghane, une autre femme plus âgée et imposante lui dit quelque chose que je ne pouvais pas comprendre, et lui arracha le pull des mains. Je restais hébétée, impuissante face à de nombreux vols.

La demande de pulls chutait, mais les demandes de chaussettes et de sous-vêtements neufs grimpaient, alors Sophie et moi nous sollicitions des dons d'invendus auprès des magasins de déstockage. Cela avait assez bien fonctionné alors nous fîmes la même opération auprès de magasins de chaussures, de literies et tous ceux qui voulaient aider.

La plupart des personnes à la rue appréciaient les surprises modestes comme des échantillons de parfum ou des peignes. J'avais même offert des fleurs invendues à quelques femmes le jour de la fête des Mères. Des coquetteries certes, mais cela les rendait si heureuses. C'était dérisoire et naïf de penser qu'on changeait les choses, mais j'aimais l'idée de l'auteur humaniste Pierre Rabhi, d'être un petit colibri qui fait sa part pour éteindre le feu de forêt. Quand parfois je restais le soir pour distribuer des repas dans l'espoir de voir Andrée dans la foule, je savais bien qu'elle ne dormait pas avec les migrants sous le métro, mais je me disais qu'elle viendrait peut-être pour manger. Elle devait avoir un lieu où dormir et avoir trop de fierté pour faire la queue pour de la soupe. Je tenais à la revoir, car j'avais mille questions à lui poser. Certains dimanches après-midi, j'allais sur le banc où je l'avais rencontrée, je guettais, j'attendais, lisais un livre, prenais des cafés au Corso juste en face, mais aucun signe de vie d'Andrée.

Je finissais l'après-midi aux Buttes Chaumont. J'allais retrouver mes amis au Rosa Bonheur, le rendez-vous gay de Paris. Comme Sophie se mêlait de la vie amoureuse de tous, elle s'était mise en tête de trouver un amoureux à Raphaël, un éternel célibataire, beau comme un dieu, mais malchanceux en amour. C'était l'endroit parfait, je pouvais boire un verre tranquillement, entourée d'hommes beaux et musclés, mais sans se faire draguer. Et tant que Sophie s'occupait de Raph et pas de ma vie amoureuse, j'avais la paix. La terrasse extérieure était déjà bondée, et une file d'attente sans fin remontait jusqu'à l'entrée du parc. Sophie avait l'habitude d'avancer en ignorant tout le monde, moi lui emboitant le pas, le nez dans mon téléphone l'air de rien. À l'entrée du bar, marquée par une barrière, elle faisait la bise au vigile, avec qui elle avait eu une fois une nuit de cavalcade. Il nous laissait entrer. On entendait alors ceux dans la file protester, nous nous enfoncions rapidement à l'intérieur sans aucun scrupule. Raph était déjà attablé avec une bande de mecs aux airs de matelots, pectoraux gonflés en marcel ou marinière. Une vraie publicité Jean-Paul Gaultier. Sophie et moi faisions la mise à jour des derniers ragots, buvions et dansions avec Raph, puis nous nous éclipsions dès qu'il se rapprochait d'une cible en particulier. Je passai aux toilettes, comme elles étaient mixtes, je surpris plusieurs baisers langoureux et gestes sensuels entre hommes. Je souriais avec l'idée d'être telle une petite souris regardant par le trou de la serrure. Minuit arriva et je me décidai à quitter les lieux. Je traversais le parc quand je vis une femme allongée sur un banc. Comme j'étais un peu éméchée, je clignais des yeux pour voir son visage. Grande fut ma surprise de découvrir que c'était Andrée !

— Andrée ?
— Qui êtes-vous ?
— Je vous ai cherchée partout !
— Vous empestez l'alcool mademoiselle, foutez-moi la paix !
— C'est Halima, nous avons discuté l'autre jour sur le banc près du Canal, vous m'aviez parlé de votre maman qui travaillait pour Coco Chanel.

— Ah oui, l'idéaliste... qu'est-ce que vous faites ici ?
— J'étais au Rosa Bonheur avec mes amis.
— Le bar des Homos ? Bah décidément tu t'es trompée de bal ma belle ! Tous les princes charmants là-dedans préfèrent la baguette ! Elle rit d'un rire mesquin.
— Je m'en fous, je ne cherche pas à me caser. Je peux m'asseoir ?
— Surtout pas, je n'aime pas discuter avec les alcoolos dans le parc tard la nuit, rétorqua-t-elle, en lissant sa couverture. Tu vas attirer le gardien.
— Vous dormez dans le parc ?
— Non idiote, je voulais mieux voir les étoiles !
J'ai ri. Elle fronça les sourcils, je mis ma main devant ma bouche pour dire chut.
— Bon je vous laisse, un café demain, au Corso ? 13 heures ?
— Je déteste le Corso. Le café y est infâme. Puis c'est snob.
— Où vous voulez Andrée.
— Qu'est-ce que tu me veux à la fin ?
— Vous connaître.
— T'as pas mieux à faire, une soirée déguisée ou un pince-fesses ?
— J'ai écumé les deux. Je préfère écouter vos histoires.
— Très bien alors au Corso, mais apporte des cigarettes !
— Ça marche. À demain, Andrée.

Le Corso était un café sur le bord du Canal Saint-Martin, à la devanture rouge. Il y en a deux ou trois à Paris, l'autre se trouve avenue Kléber, non loin du Trocadéro. Deux ambiances, deux quartiers différents, et depuis la terrasse, on peut y observer les passants. Au Corso de l'avenue Kléber, on voyait défiler les touristes, banquiers et avocats d'affaires, au Canal Saint-Martin, il y avait plus de jeunes, des artistes, fashion victimes et autres...

Cela faisait une heure que j'attendais Andrée. Je me donnais encore une demi-heure avant d'abandonner, mais j'avais envie de passer des heures à l'écouter, pour connaître son histoire. Comment une femme, visiblement si éduquée et avec une telle verve, avait fini à la rue ? J'ai attendu, puis dépitée, j'ai laissé mon téléphone sur ma carte de visite au serveur au cas où une femme âgée prénommée Andrée se présentait. Il a froncé les sourcils, mis mon numéro dans la poche arrière, et haussant les épaules, l'air de dire encore une cause perdue.

Je voulais l'aider, mais je ne savais pas comment. Lui proposer mon aide l'aurait fait fuir, fière comme elle était. Alors mieux valait lui faire croire qu'elle me rendait service. Maintenant qu'elle n'était pas venue, j'étais inquiète, je me suis mise à nouveau à la chercher partout. Je voulais m'assurer qu'elle allait bien, mais il était bientôt 14 h 30 et je devais commencer une maraude avec un groupe de potes.

Lors de nos maraudes, nous ne donnions jamais d'argent, pour notre sécurité et puis pour résoudre des problèmes pratiques, nous demandions juste aux personnes ce dont elles pouvaient avoir besoin. L'hygiène était importante, on nous demandait des lingettes, des brosses à dents, des serviettes hygiéniques pour les femmes, et de la monnaie pour laver leur linge au Lavomatic. Nous avions réussi à convaincre plusieurs propriétaires de Lavomatics de donner des jetons à quelques femmes tous les dimanches.

Parfois, les bénéficiaires avec lesquelles nous avions réussi à construire des liens de semaine en semaine disparaissaient, car soit elles étaient arrêtées par la police, soit elles devaient se déplacer pour ne pas être arrêtées, et expulsées à coup de matraque par certains flics. Il arrivait que certaines personnes meurent, de froid le plus souvent. Mais la violence était latente dans la rue. Certaines femmes nous confiaient se voir offrir une nuit au chaud ou une douche contre une passe, être agressées, voire violées. Cela m'était devenu insupportable, alors pour me protéger, je n'y allais que quelques fois par mois. Pour ne pas détester l'humanité, pour ne pas devenir cynique et me faire dévorer par cette mission, je passais le relais aux plus jeunes, plus motivés, plus naïfs que moi, car je commençais à perdre espoir. C'était au-delà de nos capacités de petits citoyens, il aurait fallu changer le système, une intervention citoyenne collective ou de l'État. Une force intarissable était nécessaire pour ne pas sombrer dans le désespoir.

Plusieurs choses pouvaient mener à la rue, les maladies mentales, un foyer abusif, le fait de migrer d'un autre pays, l'alcoolisme ou juste rejeter le système.

L'individualisme et l'isolement peuvent rendre vulnérable, sans lien ni filet de sécurité, sans famille ni ami. Une fois que vous êtes à la rue, c'est extrêmement difficile de remonter la pente. La plupart des personnes que nous aidions n'avaient plus de liens sociaux. Elles avaient aussi perdu les repères de temps, car une fois dehors, le temps devient binaire : se nourrir le jour, et être au chaud et en sécurité la nuit. Qu'on soit lundi ou dimanche n'avait plus d'importance. Ceux à qui nous donnions rendez-vous à 19 heures pour distribuer le dîner n'étaient pas tous en mesure d'être à l'heure. Réapprendre la notion de temps est déjà une contrainte. Andrée avait certainement oublié, elle avait l'âge de ma mamie, notre société occidentale ne devrait pas abandonner ces anciens, c'était contre mes principes, je devais la retrouver.

Chapitre 30

Bar à gin

Ma vie était un paradoxe, le reste du temps, je passais des soirées avec mes amis ultra-privilégiés, inconscients du monde de la rue. C'était un soir d'hiver de 2016, et Katia m'avait proposé de l'accompagner au cocktail de Noël d'un grand hôtel parisien non loin de la Concorde.

Au milieu des journalistes, des chargés de communication et directeurs artistiques du Tout-Paris, nous échangions avec Katia, je lui parlais d'Andrée.

— Mais comment peut-on arriver à se retrouver SDF en France ? Il y a tellement d'aides sociales ici.

— Alors le chômage dure deux ans maximum avec une indemnité à 75 % de ton salaire dans les meilleurs des cas, mais souvent tu touches 60 %, puis quand c'est fini, tu as droit au RSA, 497 euros. Je t'assure que ce n'est pas suffisant pour s'offrir un loyer à Paris ou même en région parisienne. On peut probablement s'en sortir si on a des parents, des frères et sœurs, une maison, un patrimoine, mais seuls, combien de temps tu peux squatter sur le canapé de tes amis ? Juste quelques mois avant de finir à la rue.

— Je ne sais pas, moi j'irais travailler quitte à nettoyer les toilettes !

C'est une phrase que j'ai souvent entendue venant de personnes privilégiées qui n'auraient jamais à nettoyer des toilettes de leurs vies.

— Figure-toi que la concurrence est rude pour nettoyer les chiottes, il y a beaucoup trop de travailleurs non qualifiés et bizarrement aucun blanc ne fait ça, alors ce sont souvent des Noirs, immigrants en général.

Katia resta silencieuse. Je l'ai laissée à ses réflexions et je me suis dirigée vers le bar de l'hôtel, et où je demandais au jeune serveur deux coupes de champagne.

Il me servit deux coupes à peine remplies, alors je lui ai dit que ce serait gentil de m'en servir plus pour m'éviter de revenir.
— C'était justement l'objectif madame.
Il m'avait prise de court, je ne m'attendais pas à cette réponse, autant d'aplomb m'a fait vaciller. Je rougis, gênée, lui souris et tournais les talons.
Je repris la conversation avec Katia sur les sans-abris, les grèves des transports, les bas salaires, et assez rapidement, nous eûmes de nouveau soif. Je fus excitée de retourner au bar, pour voir ce que ce jeune serveur impertinent avait bien à dire cette fois.
— Me revoilà, comme convenu.
— Et vous m'en voyez ravi, madame.
Il me servit encore des coupes à moitié pleines, je lui souris et lui dis :
— J'ai vraiment besoin d'une grande coupe s'il-vous-plait, c'est pour vaincre ma timidité.
Il me regarda et me dit :
— Je ne vous crois pas timide madame.
Il avait dégoupillé la grenade, enclenché la bombe, les papillons. Il m'a fallu moins de deux secondes pour m'imaginer tout abandonner pour faire le tour du monde avec lui et terminer à Bali, pour ouvrir un bar à gin. Je fixai ses yeux brillants de curiosité. Sa jeunesse et son effronterie faisaient tout son charme. Je lui laissais ma carte :
— Si des fois vous vouliez boire un café, voici mon email. Il fut surpris, pris la carte, et me dit :
— Enchanté Halima Saadoun, moi c'est Bruno.
— Enchantée Bruno, à bientôt. Je tournai les talons avant que je ne rougisse de nouveau.
Sur ma carte, il n'y avait jamais mon numéro de téléphone, j'avais rencontré assez de lourdauds qui ne comprenaient pas un « Non merci, je ne veux pas dîner avec vous, même pour parler d'art ». Souvent, c'était les plus moches et les plus bêtes qui avaient le culot d'insister.
Stéphane avait raison sur un point, David me manquait, depuis notre rupture, tous les autres n'étaient que des fantômes. Jusqu'à Timothée, qui lui m'avait touchée.

David vivait en Floride, et rêvait de vivre à Paris avec moi, alors entre mes séjours en Floride passés avec lui, dès la sortie de l'aéroport de Roissy, j'avais noté tous les lieux inaccessibles pour lui. Je voyais le monde avec ses yeux, à hauteur de fauteuil roulant. À sa demande, je lui envoyais des photos de ce qui juchait mon parcours quotidien : les trottoirs, les escaliers, les ascenseurs, mon immeuble, le métro, le bus.

Le constat fut un déchirement, rien n'était adapté pour les personnes handicapées. Trop peu de taxis pour fauteuils roulants, alors qu'à Miami, il pouvait demander un Uber adapté, un van ou un SUV avec une rampe pour monter par le côté ou l'arrière. Les trottoirs parisiens étaient trop étroits et trop hauts, mon immeuble n'avait pas d'ascenseur. Les portes étaient étroites même quand il y avait un ascenseur quand je visitais d'autres immeubles. Alors il abandonna vite l'idée de s'installer à Paris. J'avais quitté Miami et ne voulais plus vivre dans ce pays, avec l'ombre de Trump qui gagnait de l'ampleur. David et moi avions longuement réfléchi à la manière de vivre ensemble, puis sans mot dire, une pellicule de dépit s'était installée entre nous, éloignant ainsi les perspectives d'une vie commune. Et voilà, un jour c'était fini. Je ne m'acharnais plus à trouver des solutions et lui non plus. Lors d'un appel en visio sur Skype, je n'avais pu retenir mes larmes, il me dit, «Pourquoi tu veux encore être avec moi ? Pourquoi tu m'aimes, est-ce que tu m'as bien regardé? Tu peux te trouver un mec valide et tu n'aurais pas à te faire chier.» Je lui avais dit « C'est pour ton fric bien évidemment... »

C'était fini en partie parce que Paris n'était pas une ville adaptée aux personnes en fauteuil roulant, mais aussi parce que David se sentait indigne de mon amour. Il craignait que je regrette d'avoir passé mes belles années à le soutenir, à chercher des solutions et de le regretter plus tard. Alors il avait décidé que c'était fini, que je méritais mieux. Et pourtant je n'aimais que lui, mais si lui ne s'aimait pas, tout l'amour du monde n'aurait jamais suffi. Il me fallait passer à autre chose. Le dimanche suivant, Bruno m'avait envoyé un email intitulé «Vaincre sa timidité ».

Chapitre 31

Les Anges et les marabouts

Il fallait que je retrouve la raison, je commençais à ne plus dormir, je regardais des séries Netflix jusqu'à 5 heures du matin, je fumais cigarette sur cigarette à ma fenêtre. Puis j'ai enlevé la pile du détecteur à incendie afin de pouvoir en griller une sur mon canapé. Je voulais fumer mes émotions, chaque volute de fumée était mon amertume recrachée. Les nouvelles de l'année avaient été des coups de massue, le Brexit auquel personne n'avait cru en juin puis l'élection de Donald Trump en novembre aux États-Unis.

J'avais des absences, je perdais peu à peu la notion de temps, et mes gestes devenaient machinaux. Ce matin-là, j'avais sorti le lait d'amande du frigo, fermé la porte du frigo, rouvert la porte et je cherchais à nouveau le lait d'amande. Je me suis dit, tiens, mais où était-il ? Je parcourais la cuisine du regard et j'ai vu la brique de lait sur la table de la cuisine en oubliant que je l'avais posée là quelques secondes plus tôt. Alors que j'étais jusque-là très organisée, je commençais à oublier des rendez-vous importants pour présenter ma société et obtenir un financement. Quand l'alarme de mon téléphone a sonné pour me rappeler un rendez-vous ce jour-là avec une business angel, j'ai mis mon jean, envoyé un texto fumeux disant que j'étais bloquée dans le métro. J'y suis allée sans conviction, d'ailleurs cela n'a pas abouti. Elle m'avait invitée au Cercle de l'Union Interallié, à côté de l'Élysée, c'est un country club pour l'élite, avec une piscine et un gigantesque jardin, d'où l'on pouvait faire un coucou au Président de la République. Elle voulait juste me montrer qu'elle appartenait à un club fermé, une démonstration de pouvoir dont je m'en battais les oreilles. Elle disait connaître « Manu » et qu'il incitait les investisseurs à soutenir les jeunes entrepreneurs, comme moi.

Je me souviens vouloir lui répondre « je ne suis pas ton projet de charité », mais je me suis mordu la langue.

Ma vie ne m'appartenait plus, j'avais joué un rôle et ce rôle ne m'amusait plus. Cette mascarade ne servait à rien, j'avais rencontré des tas de personnes importantes, mais je ne décrochais ni business ni financement, c'était du vent. J'étais un imposteur, ma boîte ne rapportait pratiquement rien, je dépensais de l'argent à organiser des expos, des rencontres, mais je gagnais des cacahuètes. J'allais de déjeuner en déjeuner, voir des personnes qui me disaient « C'est formidable ce que tu fais ! » Si j'avais reçu un euro à chaque fois que l'on m'avait dit cette phrase, je serais devenue millionnaire. Quand j'envoyais un devis, on me répondait « il n'y a plus de budget.» Le burn-out est arrivé un matin, je ne suis plus allée aux rendez-vous, je n'ai plus répondu aux invitations, et je suis restée au lit, complètement vidée de mon énergie. Je me suis mise devant Netflix à binger des séries, des documentaires sur des meurtriers et des comédies romantiques. J'avais décroché, je n'en avais plus rien à foutre, des années à courir dans le vent. C'était peut-être une dépression, ou de la folie. Mais que c'était doux de ne plus chercher à faire semblant.

J'étais issue d'une famille de fous et à trente-quatre ans, mon tour était sans doute venu. Papy pouvait passer de la joie en chantant Bob Azzam, Chérie je t'aime, je t'adore, à une colère noire pour la moindre futilité, comme son café qui a refroidi. Sous son rire, il y avait une colère, un sentiment d'injustice. Quand il se mettait à crier, prit comme par un démon, son regard devenait noir, sa voix rauque, il cassait la première chose qu'il lui tombait sous la main, les assiettes, les verres, mais jamais rien de valeur. Mes oncles et tantes faisaient alors le dos rond, le temps que cela lui passe, seule Mamie le regardait en hochant la tête, car elle n'avait pas peur de lui. Mamie, quant à elle, ne criait jamais, mais souvent elle allait s'isoler dans le noir pendant des heures et il ne fallait la déranger sous aucun prétexte. J'avais hérité de son silence, mais comme Papy je pouvais aussi tout casser chez moi, si je n'avais les cigarettes pour me calmer les nerfs. Les hommes peuvent se battre entre eux, faire la guerre ou poser des bombes, mais les femmes ont une violence plus intériorisée. Moi je fumais ma rage.

La seule fois où je les ai vus se disputer fut quand j'avais quatre ans à la fantasia de Sidi Ghalem, près de la ville de Tafraoui, au sud d'Oran.

En 1986, ma famille alla à la wâada, la foire de petit village pour célébrer leur saint ou « Marabout» Sidi Ghalem, le fondateur de la tribu. La foule venait des quatre coins de la région pour voir ce festival ponctué de multiples activités culturelles, mais le clou du spectacle était la course de cavaliers arabes, fusils à la main, sur des pur-sangs, la Fantasia. Historiquement, c'est ainsi que se déroulaient les guerres tribales avec chevaux et fusils, et avec des archers au Moyen-Age. C'était également un rite de passage pour les garçons, puis c'est devenu du folklore. Plus tard, je cherchais le nom de Sidi Ghalem et découvris que le village était connu pour la bataille du même nom en juillet 1956, contre les Français. Les soldats français seraient tombés dans un guet-apens, pensant aller à un méchoui, mais ils furent canardés par des rebelles cachés dans les maisons. Les Français seraient revenus massacrer les civils en représailles, on parle d'un massacre de cinquante-six innocents. Cela n'était cité dans aucun livre d'Histoire en France et en Algérie, le traumatisme était tel que les survivants ou témoins restaient mutiques.

Petite, j'ignorais cette histoire, le paysage était magnifique, perché sur une plaine au milieu des montagnes, Sidi Ghalem était un village reculé, mais au charme typiquement algérien, majestueux, même entouré de poussière. Les beaux cavaliers, habillant leurs chevaux, leur mettant des couronnes et des bustiers, m'émerveillaient. Je découvrais cette belle tradition équestre arabe, au son de la gasba et des karkabous.

Comme j'aimais découvrir nos traditions et notre folklore, papy m'attrapa par la main et à ma demande, il me porta sur ses épaules, perchée là-haut, je dominais alors d'un coup d'œil toute la fête. Plusieurs moutons furent sacrifiés pour l'occasion et offerts aux visiteurs sous forme de méchouis. Mes grands-parents firent un don au Marabout, demandant sa protection et sa bénédiction. Cette offrande fut vite accordée, car quand la Fantasia fut annoncée, la foule fut scindée en deux, jetant mamie d'un côté et Papy, moi et ma tante de l'autre.

À notre gauche, les chevaux étaient alignés, les cavaliers préparaient leurs fusils et montures, comme il était de coutume pour eux de tirer en l'air pendant la course. Cela exige de la dextérité et de la concentration avant la course.

Mon grand-père pensait avoir le temps quand il nous a dit de courir pour traverser et rejoindre Mamie de l'autre côté. Nous nous sommes alors lancés sans hésiter, mais au même instant les cavaliers se mirent à galoper également, je me souviens du sol qui tremblait et de la foule horrifiée à l'idée que nous allions finir écrasés par la cavalerie. La foule criait « Yalla! Plus vite, Yalla ! Mais plus vite ! »

À ma hauteur de petite fille, je voyais seulement un nuage de poussière s'approcher, poussée par la peur et l'excitation, il me semble avoir volé pour rejoindre Mamie. Une fois dans ses bras, la foule poussa un grand cri de soulagement, de Hamdullah (merci mon dieu), et de Allah wa Akbar (Dieu est grand) et des remerciements à Sidi Ghalem. Papy, lui, riait en se recoiffant,

« Olé! Quelle aventure! tape-là ma fille ! » nous nous sommes tapés dans les mains, complices et gonflés d'adrénaline. J'étais si fière d'être à mon tour une vaillante guerrière qui avait bravé la mort. Mais si Sidi Ghalem nous avait sauvés de la mort une fois, plus aucune protection n'a pu aider mon grand-père face à la colère noire de ma grand-mère qui promit de le tuer elle-même une fois à la maison « Tu as failli tuer mes enfants ! ».

Chapitre 32

Burning Women

Nous étions au Monsieur Bleu, un restaurant accolé au Palais de Tokyo, dont la terrasse fraîche et ombragée donnait sur la Seine avec une vue splendide sur la Tour Eiffel. Sophie et moi déjeunions là, car pour une fois, nous voulions jouer les touristes et admirer la Tour Eiffel, juste avant d'aller voir une exposition. Je dégustais des ravioles de langoustines, cachée derrière mes lunettes de soleil, parce que j'avais trop bu la veille et également pour feinter de ne pas voir une connaissance qui tendrait à me dire bonjour. Nous étions au printemps 2017, et nous passions au moins une fois par semaine dans ce restaurant au volume incroyable et au style Art déco blanc et épuré.

Il nous fallait régulièrement des cures de vacuité et superficialité pour contrebalancer l'impuissance avec laquelle nous finissions après des missions de bénévolat. Jamais à court d'idées pour se distraire, Sophie qui était pleine de ressources, m'annonça :

— Meuf cette année faut que tu viennes avec moi à Burning Man. Tu fais quoi fin août ?

— J'en sais rien, Burning Man ?

— Oui, tu sais à Black Rock City, le festival dans le désert. Normalement les billets sont à quatre cents euros, et il faut passer par la loterie, tellement il y a de monde qui veut y aller. Mais j'ai un pote, il a une boîte de com' digitale, il a déjà les billets, et ils nous invitent. Y'a rien sur place si ce n'est du sable, alors il faut un campement éphémère, chacun ramène son matos; des tentes, des camping-cars, toilettes sèches, douches démontables, vélo pour se déplacer sur le camp, il peut y avoir jusqu'à soixante-dix mille personnes. Il y a aussi des artistes qui réalisent des œuvres monumentales éphémères, c'est ouf. Il y a aussi un temple pour méditer ou entrer en transe.

Il fait tellement chaud, tu peux te balader en bikini ou juste avec une plume dans le cul. C'est le rendez-vous de tous les barjots, mais dans la bienveillance. Le dernier jour, on brûle l'homme en bois, le Burning Man.

— Ha oui, ça existe depuis 1986, les parents d'une amie en Californie y vont depuis des années. Ils m'ont raconté, tu dois te rouler dans le sable la première fois en guise de baptême. C'est une ville éphémère montée en quelques jours dans le désert, les pauvres dorment dans des tentes et les super riches arrivent en hélico ou jet privés, ils ont de vrais campements avec des douches, etc. Il faut des lunettes pour te protéger du sable dans les yeux et tu restes avec la poussière dans le cul pendant trois jours. Et il y a des orgies aussi...

— Ouais, mais c'est une expérience unique.

— L'orgie avec du sable dans les parties et sans douches? C'est certain. Mais tu sais ce qui est une expérience unique ? C'est des souvenirs de mon enfance en Algérie, dans la montagne, où les femmes se tatouent les mains et les visages, avec une aiguille chauffée au feu. Pour elles, les tatouages étaient comme des bijoux. Cela devait faire un mal de chien, mais aucune ne laissait transparaître des signes de douleur. Au coucher du soleil, elles font un grand feu, se mettent du khôl qui pique dans les yeux, elles mâchent du souak, un bois rouge orangé pour avoir les lèvres rouges et blanchir les dents. La plus âgée prend les aiguilles et tatoue les autres, sur les bras, les mains, le visage de symboles géométriques. Elles se mettent mutuellement du henné sur les cheveux, les pieds et les mains pour la baraka. Une fois la nuit tombée, les hommes jouent du karkabou, des castagnettes métalliques, à un rythme entraînant. Les femmes dansent en cercle, balançant leurs têtes de gauche à droite, penchées en avant, leurs chevelures dénouées. Leurs mouvements sont lents au début, au rythme de la musique, mais au fur et à mesure que la saccade s'amplifie, une frénésie s'empare d'elles, transformant alors leurs cheveux en des fouets. Il arrivait souvent qu'une finisse à genoux, en transe, secouant sa tête avec frénésie, se roulant par terre, hurlant et pleurant, les autres femmes chantant des incantations pour l'accompagner dans ce voyage. Petite, j'étais hypnotisée les rares fois où j'en ai été témoin, ma grand-mère me disait « tu vois ma fille, c'est la danse des cheveux. El Toub. Une danse d'état d'âme, quand on souffre, ça soulage du mal, ça débarrasse des djouns, les mauvais esprits. »

Puis la musique s'arrêtait net et alors chacun pouvait se reposer et retrouver ses esprits... Les islamistes ont décrété que le Toub et les tatouages étaient Haram, un péché, des rites païens qu'il ne fallait plus pratiquer. Les Occidentaux regardaient ça comme une danse de sauvages. Mes souvenirs préférés d'Algérie sont justement ces moments où l'on plongeait dans nos traditions ancestrales. Comme je rêve de revivre ça, une expérience inexplicable de transe commune, les Burning Women.

— Ben on part quand meuf en Algérie? Sophie m'a lancé.

— On ira, mais j'ai l'impression que je dois y aller seule pour résoudre des affaires familiales d'abord.

Chapitre 33

Les indigènes

Les Parisiens étaient pris d'une fringale de burgers, les restaurants à burger se multipliaient, au point que même les brasseries et bistrots traditionnels l'avaient ajouté à leur carte, entre la bavette et l'entrecôte.

Le Tout-Paris se bousculait chez Big Fernand, une nouvelle chaîne parisienne spécialisée dans le burger. La file d'attente n'en finissait pas pour déjeuner et dîner, mais je préférais aller chez Schwartz's, rue des Ecouffes, dans le Marais, au cœur du quartier juif de Paris. Schwartz's avait un style rétro de dîners new-yorkais, avec des banquettes rouges, des nappes à carreaux et de hauts tabourets rembourrés au bar. Sur les murs, il y avait des affiches publicitaires américaines des années soixante. La carte offrait une multitude de burgers, sandwichs au pastrami et hot-dogs. J'y avais mangé avec des amis, des amants, car j'adorais l'atmosphère. Tout y était casher, y compris les charcuteries en vitrine du côté traiteur, qui m'ouvraient l'appétit quand nous attendions qu'une table se libère.

La rue des Ecouffes mène à la rue des Rosiers, la rue des restaurants casher, mais depuis des années, la rue s'est vue transformée en partie en repère de magasins de mode, aux vitrines froides et épurées, remplaçant les échoppes vendant falafels et pain challah pour le Shabbat et autres spécialités. La rue est malheureusement connue pour un attentat qui avait fait six morts et une vingtaine de blessés au restaurant Goldenberg en 1982, l'année de ma naissance. Le restaurant est resté définitivement fermé depuis.

Quand le 7 janvier 2015, je regardais les attentats en direct de Charlie et de l'HyperCacher, l'attentat de la rue des Rosiers m'est revenu en tête. Cela m'avait marqué, cette répétition de l'Histoire.

Des Arabes qui tuent des Juifs ? Non ce n'est pas la bonne formulation, car à l'Hypercacher, parmi les victimes il y avait d'autres Arabes, des Noirs et surtout des humains, et des fous qui tuent, c'est tout. Non, je vois juste des terroristes tuer des innocents. Mais les raccourcis sont si simples.

J'étais une Arabe, et j'aimais les sandwichs au pastrami casher, j'en ai acheté souvent à emporter en sortant de chez Schwartz's. Alors si j'avais été au mauvais endroit au mauvais moment, j'étais foutue.

En descendant la rue des Ecouffes, il y a la boucherie oranaise, une boucherie casher d'une famille juive algérienne.

Pourquoi se haïr aujourd'hui ? À cause du conflit israélo-palestinien ? Je ne peux pas détester les juifs, ce serait comme détester ma famille. Nous partageons tellement de choses, l'histoire, la culture, la religion d'Abraham. Même si je suis peu religieuse, je ne peux pas détester les juifs. Ce serait me renier, nier une partie de mon identité. L'Algérie comptait une population juive importante, surtout Oran. Il y avait une grande synagogue, la plus belle synagogue d'Afrique, selon certains. Elle fut construite par le Rabbin Kanoui afin d'accueillir l'ensemble de la communauté. Devenue une mosquée à l'Indépendance en 1962, je l'ai visitée lors d'un voyage à Oran en 2010. Je l'avais trouvé magnifique, imposante, fière comme une cathédrale. En Europe, les synagogues sont petites, discrètes, fondues dans le décor. Celle du Marais aujourd'hui est très modeste. Mais alors à Oran, là on sentait la majesté du lieu, dont les pierres auraient été acheminées depuis Jérusalem.

À Oran, ils restent une poignée de juifs, et quelques chrétiens. La majorité est partie au moment de l'indépendance. Mais pas tous, certains sont restés et ont résisté à l'envie de partir, malgré les menaces islamistes. Pourquoi se détester ? L'Algérie fut animiste, puis juive, puis chrétienne, et musulmane. On ne peut pas nier son héritage.

Lors d'une conversation avec Papy, lors de ma visite, j'ai dit vouloir visiter la vieille ville, appelée en arabe la M'di Jdida, la nouvelle ville. Il m'a répondu, le plus naturellement possible, sans lever le nez de son journal.

« Pour aller au village nègre, il faut prendre le taxi. »

Sur le mot nègre, en français cette fois, pas négrita en arabe qui sonne comme en espagnol, j'ai buté. Ça a tranché l'air comme un rasoir, pris aux tripes.

— Pourquoi Village Nègre ?»

Il a plié son journal, m'a regardé comme s'il se rendait compte de quelque chose. Il m'avait donné cette réponse juste pour me donner une indication sur le transport, il avait dit « village nègre» comme il disait un tricot, quand moi je parlais d'un pull. Son vieux français le rattrapait.

— Parce que ça s'appelait comme ça, avant, c'était-là où résidaient les Nègres, toi, moi, les Arabes. Nous n'avions pas le droit d'aller dans les quartiers français, sauf pour travailler. Nous étions appelés les indigènes, nous les locaux; juifs, Arabes, Turcs, Berbères et puis il y avait les européens. Il y avait le Village Israelite, Le Village Nègre, et le reste appartenait aux Européens. Le Village Négre a été détruit au fur et à mesure que les Arabes ont réinvesti d'autres quartiers, puis il a été baptisé Ville Nouvelle, pour accueillir les commerces et le grand marché, et enfin aujourd'hui on a traduit Ville Nouvelle en arabe, M'di Jdida.

Il m'a lâché ça le plus naturellement du monde, il récitait presque un livre d'histoire, détaché. Alors, il fallait que je lui demande :

— Mais ils nous appelaient les indigènes? Les Nègres ?

— Oui». Il haussa les épaules. Il se mit à rire.

J'étais confuse, je ne trouvais rien de drôle à ça. Il reprit :

— Quand j'étais petit, habillé avec ma gandoura, j'allais au quartier français tous les jours pour apporter du lait à Mme Martino, une pied-noire d'origine italienne. Quand j'arrivais trop tôt et que le portail était fermé, alors je grimpais la grille, et je lui déposais le lait devant la porte.» Il rit de plus belle. « Et, et, la fois où Mme Martino m'a vu faire, elle m'a gentiment pris par la main, ouvert le portail et m'a montré un bouton. Elle m'a dit, « la prochaine fois mon garçon, ne t'embête pas à escalader, tu appuies sur la sonnette et je t'ouvrirai. »

Papy essuya une larme à l'œil dûe à son fou rire, « J'étais vraiment un petit sauvageon! Alors qu'ils nous appellent indigènes ou Nègres n'avait aucune importance. »

Je lui souris, admirative de son autodérision. Plus tard, il me montra une carte d'Oran sous la colonisation, la ville était bien divisée par races, ou ethnies.

Cela me tordait les boyaux. Sous l'Empire ottoman, les Dimmies, non-musulmans, vivaient en paix avec les musulmans, à condition de payer l'impôt par tête, la dîme. Ils n'avaient pas le droit de s'engager dans l'armée ou de diriger, mais on vivait en paix. La colonisation a créé des divisions, entérinées par le décret Crémieux, en 1848, offrant aux Juifs un meilleur statut qu'aux musulmans, pouvant faire partie de l'administration et devenir français. Tous n'ont pas accepté, mais l'offre d'être enfin reconnus, d'avoir un statut était alléchante. Ces Juifs algériens, devenus français par décret, furent obligés de quitter le pays aux moments de l'Indépendance en 1962. C'est pour cette raison qu'il y a beaucoup de Juifs d'Algérie aujourd'hui en France, comme la boucherie l'Oranaise rue des Ecouffes dans le Marais. Papy m'a regardé, les yeux emplis de nostalgie :

— Invite-les, ma fille ! Qu'ils reviennent, dis-leur qu'ils sont bienvenus. Les Juifs mangeaient comme nous, s'habillaient comme nous, ce sont nos frères.

— Plus personne ne veut revenir Papy.

Chapitre 34

Ridicule

« — Vous êtes hypersensible. Le couperet était tombé, la psychologue me regardait fixement.
— Qu'est-ce que ça veut dire exactement ?
— Votre cerveau a certainement subi un traumatisme, et vous ressentez les émotions de manière plus vive que d'autres, d'où le besoin fréquent de vous isoler. Les heures à regarder des séries en boucle, c'est une stratégie d'évitement ».
Elle ne m'inspirait plus confiance cette psy, au bout de la sixième séance, je ne voulais plus me confier. Nous étions en avril 2016, et je pleurais encore à chaque fois que je pensais aux attentats. Depuis, les attentats de Strasbourg et de Bruxelles avaient rouvert la plaie.
Non, je ne l'aimais pas cette psy, avec son chignon strict et ses pulls boulochés, elle se prenait pour qui pour me dire que j'étais hypersensible, au bout de six séances et test uniquement ? C'était un peu léger pour établir un diagnostic ? Son bureau était à deux pas de République, c'était trop proche, puis c'était trop tôt pour avoir du recul sur les choses. Non, j'ai trouvé qu'elle manquait de sensibilité. Moi ? Hypersensible ? J'ai travaillé dans la finance et je ne tremblais pas devant les écrans rouges lors de la crise de 2008, je ne transpirais pas pendant les engueulades entre collègues ou les colères sanguines des patrons. Non, je gardais la tête froide en toute situation. C'était ridicule, voir cette psy était juste une idée farfelue de mon généraliste, quand je lui avais parlé de mes insomnies. Il m'avait dit que j'étais trop jeune pour avoir des calculs à la vésicule, que je devais somatiser. Que j'avais internalisé mes douleurs, mais que le corps parle ! Puis ça coûtait cher ! Soixante-dix euros la séance, seulement douze euros remboursés par la Sécu, non c'était ridicule. Au prix de soixante euros la séance, à raison d'une par semaine, ça me revenait moins cher de prendre un billet pour Bali et faire du yoga pendant un mois.

Il est vrai que je ne supportais plus le parfum, d'ailleurs, je n'en mettais plus. La foule me faisait horreur, je ne supportais pas les odeurs corporelles, d'haleine ou de parfum trop capiteux. Je n'aimais pas que l'on me touche, même faire la bise était une contrainte. Le bruit m'insupportait également, les chaises trainées qui couinent, les portes qui claquent, les clic-clics des stylos. Le pire était mes voisins, avec eux, je ne m'entendais même plus réfléchir chez moi. Leurs éclats de voix, leurs rires, leurs bruits de couverts lorsqu'ils dînaient, m'empêchaient de lire au calme. Il est vrai que le ronflement et le claquement de bouches en mangeant de certains de mes amants pouvaient être motifs de rupture. Selon moi, cela voudrait dire que j'étais misanthrope, pas hypersensible. Ma mère non plus ne supportait pas la musique trop forte, les éclats de voix, les odeurs d'essence ou de brûlé. Papy lui c'était bien pire, il nous avait rendu visite avec Mamie en 1990, un mois de juillet. Nous dînions dans l'appartement de ma mère, à Charenton, lorsque nous avons entendu des booms, comme des explosions. Papy m'avait attrapé sous le bras puis s'était dirigé dans le couloir loin des fenêtres, exhortant Mamie et ma mère à nous rejoindre. Il avait mis ses mains sur ses oreilles. Mamie avait alors regardé par la fenêtre, puis en hochant la tête, elle avait dit après un soupir : « Mais tu es ridicule mon pauvre Ali, c'est le feu d'artifice du 14 juillet, j'avais oublié que c'était aujourd'hui. Venez, on sort le regarder. »

Chapitre 35

Effrita

Rien de mieux que de s'occuper des autres pour s'oublier soi-même. Je me suis remise à faire du bénévolat, à distribuer de la soupe, à récupérer des vêtements, des médicaments et à les distribuer à des associations. Quel péché d'être autocentré, de s'épancher sur son propre sort quand on vit mieux que la majorité de la planète, avec l'eau potable courante, chauffage, électricité, internet, transports en commun et soins médicaux. J'étais une princesse, une privilégiée et je devais rendre. Je revoyais Sophie parfois lorsque j'allais à ses mondanités, écouter ce petit monde se féliciter d'être si formidable, de donner aux associations, de faire du bénévolat, d'accueillir des femmes victimes de violences domestiques ou un réfugié. Puis la fin de soirée venue, le vernis s'écaillait, les querelles ressortaient, autour du Brexit, des élections présidentielles à venir en France. Sophie et ses amis discutaient d'augmentation de salaires, d'héritages, de donations déductibles de leurs parents, de maison en indivision, de parts à revendre. J'avais invité Blanche à cette soirée en lui disant que j'avais besoin d'une alliée pour ne pas me perdre avec ces amis brillants, mais dont le comportement des fois me dépassait. Blanche s'était parfaitement intégrée puisqu'elle avait fait l'école bilingue dans le XVe, puis l'École Alsacienne. Le sésame pour être accepté parmi l'élite, comme la prépa Daniélou ou Intégrale. Je comptais sur elle pour ne pas être la seule à être sobre, elle m'avait répondu « Mais bien sûr meuf tu peux compter sur moi ! » Mais à deux heures du matin, elle avait le nez dans la coke comme tout le monde.

Alors de nouveau, j'ai eu le besoin de m'isoler. Je me plongeais dans la culture, et dans les musées. J'avais vu une exposition sur Bâal, une des divinités de pierre longtemps vénérées en Afrique du Nord et au Moyen-Orient.

Bâal était vénéré par les Phéniciens, qui ont conquis une grande partie de la Méditerranée, dont l'Algérie. On y a retrouvé plusieurs statues de Bâal avec sa main gigantesque devant son petit corps, pour éloigner les mauvais esprits. Lors de l'invasion arabe et l'islamisation, un grand nombre de statues ont été détruites, mais les nouveaux convertis n'ont pas voulu entièrement abandonner leur ancienne divinité, alors ils ont gardé sa main, comme symbole contre le mauvais œil, et simplement la malchance. Ils ont fait des petites mains en or que l'on porte en collier et en bracelet. Le syncrétisme est apparu comme une évidence dans la vie quotidienne. Il était normal de porter la main, la Khamsa, et de prier en direction de la Mecque. Quand les Français sont arrivés en Algérie, ils ont appelé ce bijou la main de Fatma, comme beaucoup de femmes s'appelaient Fatma ou Fatima. C'est comme si, les Arabes en voyant la croix autour du cou des Européennes, l'avaient appelé la croix de Françoise.

L'ignorance n'est pas l'apanage des Européens, moi-même, je connaissais finalement si peu de choses sur les traditions arabo-musulmanes. Je me sentais étrangère à certaines pratiques, aux esprits, à la superstition, aux incantations, aux encens diffusés dans la maison, les djinns, les marabouts et à tous les rituels dont j'étais témoin petite.

De la culture de mes ancêtres, j'ai pris ce qui me plaisait. Son identité, on l'a construit soi-même, on n'est pas obligé d'adopter toutes les coutumes, on peut choisir. Je n'ignore pas qu'elles existent, je m'éduque, j'essaie de comprendre et si cela ne convient pas, je ne le prends pas. L'identité culturelle à la carte. J'ai décidé de garder ce qui me touchait le plus, la cuisine, la musique et la danse.

Je rêvais de danser comme Samia Gamal. Petite, quand j'allais en vacances en Algérie, en famille, nous regardions les films égyptiens des années cinquante avec Farid El Atrash et Samia Gamal. Ces deux-là ont été amants dans la vraie vie comme à l'écran et ils représentaient le glamour arabe, illustré dans les comédies musicales égyptiennes entre les années quarante et soixante. C'était souvent des histoires d'amour interdites, entre une domestique et son patron, ou encore un homme et une diablesse comme le film « Efrita Nem,» ou «Madame la Diablesse » en français.

Lors des rares scènes de baisers ou de démonstration d'affection, Papy se levait ou faisait semblant de dormir. Regarder de telles scènes en présence des parents était considéré comme irrespectueux.

Une fois Papy repartit au travail après sa sieste, mes tantes, mes cousines et moi, âgées de quatre à quinze ans, tentions de reproduire les chorégraphies de l'envoûtante Samia Gamal, avec des foulards et des sequins. Chacune passait à son tour pour montrer ses prouesses techniques : le double huit, les épaules qui saccadent, le plongé de tête en arrière.

Je ne me lassais jamais de danser, c'était un moyen d'expression corporel et un exutoire, un prétexte pour faire la fête. Comme la vie en Algérie en été était ponctuée de mariages, nous attendions ce moment pour briller, montrer nos derniers mouvements, habillées de jolies robes brodées par une couturière que Mamie payait à prix d'or. Elle nous encourageait à danser, à bien savoir bouger, que ce soit sur la musique raï, sur la musique traditionnelle des Gnawas ou bien le « Sarqui » ; la musique orientale. Je devais avoir sept ans, quand j'ai atteint la gloire, à un mariage d'une lointaine cousine de ma mère, où j'avais été ovationnée par l'assemblée pour ma performance. Effrita! Une vraie diablesse, s'était exclamée une grande tante. Satisfaite de ma performance, je souriais et collectais les friandises et les baisers sur la joue que l'on m'offrait.

En France, je découvrais que la danse orientale était appelée danse du ventre, et lorsque ma mère dansait spontanément à des fêtes entre copains sur des chansons comme « Alabina, » les regards des Européens changeaient, ils voyaient cela comme invitation au sexe, tel des préliminaires. Le mot dans leurs bouches était « sensuel» un mot que dans ma culture nous n'utilisions jamais pour décrire notre danse. Samia Gamal était sensuelle pour les Français.

Elle était connue pour avoir joué dans le film Ali Baba avec Fernandel. La danse orientale était alors devenue mon secret, quand j'étais invitée à des fêtes et que de la musique arabe passait, je m'esquivais, évitant les regards concupiscents de certains hommes.

La danse née en Égypte, pour célébrer des rites de fertilité et la déesse Isis, est apparue pour certains Occidentaux comme un support masturbatoire, au même titre que le pôle dance ou le strip-tease. Je n'étais pas sûre d'apprécier les danseuses lascives en toile de fond de clips de rap et autre musique américaine, avec de gros plans sur les fesses et les poitrines.

Je ne comprenais pas le besoin de sexualiser les danses traditionnelles, que ce soit la danse orientale ou la danse des vahinés. Pendant longtemps, la danse a été un moment convivial de réunion pour les Arabes, pas besoin d'alcool, pas de timidité pour se lancer. C'était naturel, un moment de joie et de réunion, puis les islamistes sont venus tenir des discours de diabolisation de la musique et de la danse.

Alors danser est devenu dangereux pour les femmes et aussi pour les hommes, une femme qui danse est une pute, mais alors un homme qui danse; ce n'est qu'un pédé, même en Égypte, le pays de la danse, cet art a été stigmatisé, censuré. C'est presque risible ces pauvres hommes qui se sentent menacés par des danseurs et danseuses en sequin au pied au point de vouloir les tuer. Comment garder notre culture, sans être sexualisé d'une part et menacé de mort de l'autre? Jamais je ne m'étais sentie aussi perdue et désemparée face à l'assaut contre ce que j'aimais le plus. Comme les hommes sont fous. Alors souvent je préférais danser seule chez moi, musique à fond devant le miroir, en attendant d'être libre, du regard des autres.

Chapitre 36

Le goût des cendres

Sophie m'avait demandé d'aller avec elle se recueillir sur la tombe de son frère. Je n'allais plus aux soirées, je restais chez moi, je lui avais dit que je voulais bien la voir, mais ne plus être dans cette ambiance de fête qui ne me convenait plus. J'avais réussi à trouver un peu de quiétude, d'équilibre, en lisant des livres, et en prenant le temps.

Elle donnait le sentiment d'être piégée dans ses mondanités auxquelles elle ne pouvait dire non à cette vie sociale d'apparence, forcée de donner le change. Elle passait son temps à faire croire que tout allait bien. Alors venir me voir pour un café, discuter et prendre le temps de se dire des choses vraies avec moi lui était devenu indispensable. Nous étions dans un cimetière près de Chatou, moi assise sur un banc et elle devant la tombe de son frère.

Je la voyais parler à la tombe, déposer des fleurs et puis elle s'est retournée vers moi.

Elle ne pleurait pas. Elle marchait vers moi lentement.

— Ça va aller? je lui demandais.

— Oui. Allons-y. Elle s'avança vers la sortie.

— Tu lui as dit ce que tu avais à lui dire? J'essayais d'avancer à son rythme, mais elle marchait trop vite.

— Oui, tu sais je lui disais des choses dans mon cœur parfois, mais c'est mieux de lui rendre visite.

— Bien sûr, je comprends. On peut toujours parler aux morts, je crois.

— Oui, mais là tu vois, je me sentais coupable, les sorties, les voyages, ça m'a fait culpabiliser de ne presque plus penser à lui certains jours. Puis tu y repenses, et ça te rattrape. Sophie regardait par terre, l'air vague.

— La culpabilité d'avoir survécu ? lui demandais-je.
— Oui, et aussi la peur de vivre, d'être heureuse et de l'oubli. Lui, il est mort enfant, il ne connaîtra jamais ce que je vis. Je sais que je dois le laisser partir, ne plus lui parler dans mes rêves, et revoir ses photos.
— Tu as le droit de vivre et d'avoir des moments d'insouciance Sophie.
— Tu sais, j'ai encore l'odeur du feu qui monte au nez, le goût des cendres dans la bouche.
Face à cette dernière déclaration, je restai muette. Je hochais la tête en la regardant. Je savais par ma mère qu'un traumatisme pouvait faire que le cerveau débloque et crée des hallucinations auditives, sensorielles et même olfactives. Puis un éclair a traversé les yeux de Sophie, comme si elle venait de se souvenir de quelque chose, et elle claqua des doigts.
— Ha au fait, j'ai oublié de te dire! Julien m'a demandée en mariage.
— What? Et tu as lui dit quoi? Et Emilie?
— Elle l'a quitté pour un homme trans à Berlin... Je lui ai dit oui, sans réfléchir. Il revient vivre à Paris, il va récupérer l'appartement dans le VIIe de sa grand-mère décédée récemment.
— Euh OK, je ne savais pas pour Emilie ni pour sa grand-mère, pauvre Julien, mais vous étiez sobre ?
— Il avait pris de la C, et moi j'avais pris un para...
— Ha...Bon, tu verras bien s'il t'en reparle.
— Tu as raison.
— Et pour le taf ?
Sophie m'a regardée comme si je lui avais demandé comment ils allaient déménager le grille-pain.
— Bah ça, c'est pas un problème, s'il veut du travail, il appelle les anciens de son école. Si on veut travailler, on trouvera toujours. Mais là, on a envie de partir un peu là, le Pérou ou le Mexique voir des potes.
Nous avons pris le RER, sans dire un mot, à regarder défiler le paysage. Une fois arrivées à Paris, elle a voulu s'arrêter à la Pinacothèque pour voir la dernière exposition.
— Merde, je me suis trompée, l'exposition sur Cléopâtre est terminée.

— Oui, c'était l'année dernière, ou il y a deux ans même. Décembre 2014.

Sophie avait l'air confuse, comme si elle revenait d'une absence.

— J'aurais aimé la voir. Il y a encore des affiches dans le métro.

— Oui, les affiches datent, l'exposition est finie. Tu sais, il y a beaucoup d'idées reçues à son compte. Cléopâtre est considérée comme une femme séductrice et manipulatrice en occident, usant de ses charmes pour obtenir le pouvoir, alors qu'elle est considérée comme érudite et pleine de sagesse dans les écrits arabes du Moyen-Âge. C'était une femme très intelligente, qui parlait plusieurs langues, et passait des heures dans la bibliothèque d'Alexandrie, et c'était une fine négociatrice.

— Tu veux dire qu'elle n'a pas montré ses seins à César pour permettre à l'Égypte de garder son autonomie? Tu as vu l'exposition ?

— Non je ne l'ai pas vue. Et si elle a montré ses seins, ça l'Histoire ne le dit pas.

— Cela devait être une bonasse pour faire chavirer César et Marc-Antoine !

— Pas suffisamment pour ne pas tout perdre. Peut-être qu'Octave l'a poussée à se donner la mort. On n'a jamais retrouvé sa dépouille ou son tombeau.

— Et oui le malheur des femmes, c'est souvent de tomber dans l'oubli.

— Si elle n'avait pas pécho César, tu penses qu'on en parlerait aujourd'hui ?

— C'est possible. Je voulais voir l'expo, parce que comme mon frère, je ne veux pas l'oublier. Regarde un peu comme Marylin Monroe, serait-elle devenue si mythique si elle n'avait pas séduit John F. Kennedy et finit par se suicider ?

— Marylin a pécho John et son frère. Le malheur des femmes. J'aimerais que ça change. On aimerait vivre longtemps, faire de grandes choses et mourir tranquillement comme un homme dans son lit et enfin avoir les honneurs. Mais rassure-moi, tu ne songes pas au suicide, toi ?

Sophie posa un regard surpris sur ses pieds, comme si on avait lu ses pensées. Elle alluma une cigarette.

— Non je suis trop lâche pour ça, et toi ?

Je ne m'attendais pas à ce qu'elle me retourne la question.

— Ça m'a certainement traversé l'esprit une fois une deux, puis j'ai eu la flemme.

— La flemme, ça sauve des vies.

Chapitre 37

Les Montaigu et les Capulet

Je me suis rendue à la soirée de Pacs de Sophie et Julien. Ayant peur de l'engagement, Sophie avait réussi à calmer les ardeurs de son tendre pour y aller doucement, et ils trouvèrent un accord : le Pacs puis le mariage plus tard.

À cette soirée dans l'appartement de Julien qui ressemblait finalement à toutes les autres, au milieu de filles de bonnes familles en serre-têtes, de bobos-écolos, et de fils à papa startuppers et de chômeurs-artistes, j'ai fait la rencontre de Marc, un Français d'origine libanaise.

Quand je l'ai vu entrer dans la pièce, il avait quelque chose de familier, peut-être trop familier. Je n'étais pas attirée au début. Il me donnait l'impression d'être un cousin éloigné. Le Liban, je n'y avais jamais mis les pieds, mais je connaissais pas mal de Libanais. Et j'aimais les Libanais, je ne savais pas trop pourquoi. Nous avons bien discuté, bien ri et en fin de soirée, il m'a demandé mon numéro. Je lui ai donné, mettant mes idées reçues de côté. Si c'était un cousin, ce serait un doux inceste.

Il avait des yeux noirs comme des billes, il était grand, mat et des poils qui dépassaient du col de sa chemise. Il avait le regard, le feu sacré. Nous étions attirés l'un par l'autre comme des aimants. J'essayais d'ignorer l'alarme interne que me disait de fuir, avant de tomber amoureuse.

Une semaine après la soirée, nous sommes sortis dîner près de Mabillon. Nous sommes allés à la pizzeria Luisa Maria, parce que j'adore leur linguine à la crème de burrata et truffes. Marc a commandé une bouteille de vin, mais je n'étais pas d'humeur à boire, je lui ai dit que je ne prendrais qu'un verre, il hocha la tête :

— Je finirai la bouteille sans problème.

Il dévorait la vie parfois comme s'il sortait de prison. Nous avons parlé de son travail, il gérait une agence de jet privé.

— La plupart des jets privés voyagent à vide au retour alors on vend des places à des personnes pressées, qui gagnent bien leur vie, mais pas assez pour acheter leur propre jet.

— En gros, tu fais du covoiturage ou du «co-jet-age» — pour les riches ?

— Exactement !

— Et vous faites les yachts aussi ?

— On y songe.

— Vous fournissez la coke et les putes ?

Marc souleva ses sourcils fournis avec surprise et éclata de rire. Il riait fort, et était exubérant. Il enchaînait les verres de vin à grande vitesse.

— Le client est roi !

Je l'observais, il mangeait ses linguines à grands coups de fourchette, après l'avoir tournée, à l'italienne.

— Alors ces linguines ? Elles te plaisent ?

Il avait encore la bouche pleine, il a répondu du coin des lèvres.

— Hum ! Divines.

Ses manières étaient familières, au sens littéral du terme ; il me rappelait ma famille. À parler et à rire fort, à manger avec de grands gestes ponctués des airs de satisfaction se terminant par «Humm». Il était très expressif et jovial. J'étais bien avec lui, on se comprenait à demi-mot. Et surtout, il appréciait chaque instant de la vie sans se plaindre.

Il m'a parlé de son parcours, il avait quitté le Liban en guerre, pour vivre au Koweït, avant de venir en France à l'âge de huit ans, au moment de l'invasion du pays par l'Irak.

— Les hommes sont fous, au Liban, les gens se battaient pour des histoires de religion et de pouvoir et au Koweït, c'était pour le pétrole. Les États-Unis sont venus défendre le Koweït juste pour le pétrole, après ils parlent de venir imposer la démocratie par la guerre. Drôle de concept. En 2003, quand ils y sont retournés c'était clairement pour le pétrole, Saddam était fou, mais il n'a jamais eu d'armes nucléaires.

— Oui maintenant, on le sait tout ça. Ça a été reconnu publiquement.

— Tu sais ce qui n'a pas été reconnu publiquement ?
— Dis-moi.
— C'est que la majorité des terroristes du 11 septembre étaient saoudiens, alors les Américains devaient diversifier leurs approvisionnements en pétrole, d'où le prétexte des armes de destruction massive pour attaquer l'Irak. Leurs alliés Saoudiens devenaient peu fiables. Je suis tellement reconnaissant à la France de nous avoir offert l'asile en 1991, car si je n'étais pas mort à la première guerre, je serais mort lors de la seconde guerre contre l'Irak en 2003.
— Ça, tu ne pourras jamais le savoir.

Marc s'arrêta un instant pour considérer la réflexion, puis il finit par dire :

— Oui on ne le saura jamais. Enfin, je voulais dire que je suis heureux d'être français aujourd'hui, d'avoir étudié et finis diplômé de HEC. Ma mère est tellement fière.

Il sortit son téléphone, il me montra des photos de sa mère, de son frère, de sa sœur, de son neveu âgé de deux ans. Il était intarissable à ce sujet.

Je le trouvais attendrissant et j'aimais qu'il me montre sa famille spontanément. Après dîner, nous sommes allés boire un verre au Hibou, non loin de là. Nous avons continué de discuter, puis comme j'étais prise de fatigue, j'ai décidé de rentrer.

Lorsque mon Uber est arrivé, Marc en m'ouvrant la porte, m'a demandé si on se reverrait. En réponse, je lui fis un tendre baiser sur la joue.

Il émit un gémissement comme il avait fait pour les linguines,
— Humm, j'adore ça. Il me sourit.
— Bonne nuit Marc.

Si David m'avait appris l'amour inconditionnel et spirituel, si Timothée m'avait fait découvrir la passion charnelle, si Stéphane m'idolâtrait comme une reine, si Bruno m'avait initiée au tantra, je laisse les détails à votre imagination... Marc, lui, m'inspirait une relation plus profonde, comme un lien familial, l'impression d'être enfin à la maison, il comprenait mon identité multiculturelle, mon tiraillement d'être d'ici et d'ailleurs, et de nulle part finalement.

Je l'ai fait un peu attendre, mais je n'avais pas envie de jouer et comme j'avais envie d'être dans ses bras dès le premier jour, nous sommes vite devenus très proches.

Au lit, en regardant le plafond, je caressais son torse, plus poilu que celui de mes amants précédents, mais ce n'était pas pour me déplaire. Il brisa le silence,

— Tu imagines quand il faudra présenter nos familles ?
— Euh, attends, t'emballe pas.
— Mais je ne m'emballe pas. Mais tu sais comment c'est chez nous, si je manque un repas ou une réunion familiale, ils vont deviner que je vois quelqu'un et irrémédiablement, je devrai présenter la personne.
— Irrémédiablement.
— Ma mère voudra savoir d'où tu viens, comment tu t'appelles et elle finira par inviter à dîner la femme qui fait sourire bêtement son fils.
— Alors ne souris pas.

Marc rit. Il m'embrasse sur le front.

— Ça va être compliqué, car nous on est Libanais maronites, on a même rencontré le pape une fois. Et vous, vous êtes algériens et musulmans.
— On dirait une version arabe de Roméo et Juliette, les Montaigu et les Capulet.

Il m'embrassa tendrement, et me serra fort. Mon cœur s'est serré, j'étais bien en ce moment, à vivre l'instant présent, mais lui il anticipait quelque chose, alors j'ai creusé :

— Ta famille ne voudrait pas d'une musulmane ?
— Non, ce n'est pas si grave.
— D'une Algérienne alors ? Parce que vous êtes du Moyen-Orient et nous, des Berbères ?
— Non pas du tout.
— Parce que je ne cuisine pas et si je le faisais, ce serait des pâtes plutôt que du houmous et des Mezzés ?

Il rit encore.

— Non, ça j'en ai rien à carrer. Je cuisinerai, j'ai assez vu ma mère pour le faire moi-même.
— Bah, c'est quoi le problème ? Je n'ai pas demandé à ce que tu m'épouses, ni à être acceptée par ta famille. Pourquoi tu anticipes ?

— Il faudra que je te raconte un truc, qui pourrait peut-être changer les choses entre nous.
— Alors, ne me dis rien aujourd'hui. Embrasse-moi plutôt.

Chapitre 38

Ouvrir la porte des secrets

Plusieurs mois sont passés et contrairement aux fois précédentes, je ne m'ennuyais pas de Marc. J'avais gardé discrète notre relation, Sophie n'était pas au courant, trop prise par l'idée de reculer l'échéance inévitable avec Julien, le mariage. Elle s'était retrouvée à déjeuner tous les dimanches avec Maryse, sa future belle-mère, qui, dans sa grande bonté, les laissa reprendre l'appartement de la grand-mère rue Saint-Dominique, à la condition de le rafraîchir. Ils étaient chargés de la rénovation de celui-ci. En un clin d'œil, Sophie était entrée dans les considérations domestiques de cette famille traditionnelle et catholique, où même le cousin avait son droit de veto sur la couleur du mobilier. Avec autant de soucis, Sophie avait fini par me laisser tranquille et ne plus s'immiscer dans mes affaires de cœur ni à me chercher un amoureux.

Marc et moi avions brunché chez Sophie et Julien, en présence de la belle famille. Sophie semblait suffoquer dans cet immense appartement, avec les commentaires de Maryse sur un devis de pose de granit dans la cuisine.

Sophie était assise à côté de Julien, lui le nez dans son bol de fruit, feignant de ne pas entendre les piques de sa mère. Sophie était maquillée, les cheveux parfaitement lissés et portait des boucles en perles, offertes par Maryse. Je la reconnaissais plus. Quand Maryse parla d'enfants et du baptême émouvant du bébé de son neveu Gauthier, alors là Sophie finit par briser son œuf à la coque en mille morceaux. Je l'ai aidée à débarrasser et en allant dans la cuisine, je lui ai glissé :

— Si tu veux t'échapper, cligne trois fois des yeux.

Elle ne rit pas et me prit les morceaux de coquille d'œuf des mains.

En sortant de chez eux, dans l'entrée de l'immeuble au style art-déco avec des grands miroirs, nous avons découvert une grosse merde sur le tapis, devant l'ascenseur. À l'odeur immonde, il s'agissait de selles humaines. La porte d'entrée avait été forcée et sur les miroirs, était écrit : « Macron Démission» et « Taxons les riches». Devant cet œuvre d'art, Marc explosa de rire :

— Putain! Les Gilets Jaunes, ils m'éclatent.

Nous sommes sortis de là en courant pour avoir de l'air frais, et au bout de la rue, je me retournai vers Marc pour l'embrasser, heureuse notre relation. Nous étions heureux, nous passions deux ou trois jours ensemble chez lui ou chez moi, puis on se quittait quelques jours, le temps de respirer, pour mieux se retrouver quand on se manquait.

Un ciel gris pesait sur Paris, Marc et moi marchions dans la rue en ce dimanche d'automne. Je ne lui avais jamais avoué que je le trouvais un peu « Bling-Bling », qu'il me dérangeait avec sa grosse montre et sa chaîne autour du cou. Il n'était pas l'amant intellectuel dont je rêvais, mais je lui trouvais un air attachant, profond, et je passais au-delà de l'image qu'il voulait donner. Il était avenant, protecteur, correct, bien élevé. Il appelait dès qu'il le pouvait, il ouvrait les portes pour moi et se mettait devant moi si nous passions devant un groupe d'hommes éméchés tard la nuit. J'aimais qu'il prenne soin de moi. Il parlait toujours avec une certaine retenue et respect de sa mère, qu'il estimait et admirait. Un homme qui respecte sa mère, c'est essentiel, me disait Mamie. Je n'avais aucune intention de former un couple avec lui, mais c'est arrivé.

Nous marchions sur les quais, moi sous son bras, nous débattions de la France.

— Je suis tellement fière d'être français, on vit dans un beau pays, regarde autour de nous! Marc lança tout à coup.

— Oui moi aussi, mais j'ai l'impression que la France a du mal à accepter sa diversité.

— Tu as sans doute raison. Mais tu es fière d'être française ?

— Bien évidemment, cela ne m'empêche pas d'être critique à son égard. Tu aimes ta mère, mais tu peux lui dire qu'elle peut être blessante parfois.

— Oui, je le conçois.

— Tu savais que Marc c'est mon second prénom ?
— J'en avais aucune idée. Du coup, c'est quoi ton premier prénom ?
— Georges.
J'ai ri moqueuse.
— Georges? Pourquoi tu utilises Marc alors ?
— J'avais un peu honte, c'est idiot, j'avais pas envie de me faire chambrer à l'école. Georges, c'est le prénom de mon grand-père.
— J'aime bien Georges. Mon prénom, je le tiens de ma grand-mère.
— J'aime bien Halima.
Je lui fis une bise dans le cou. J'étais folle de son cou et de sa pomme d'Adam saillante.
— Il y a autre chose que je voulais te confier.
Il m'emmena nous asseoir sur un banc en pierre sur les quais. Il était visiblement ému et il reprit :
— Tu me promets que tu ne me détesteras pas après ça? Non, en fait tu as le droit de réagir comme tu veux. Je ne t'impose rien. Il m'embrassa longtemps, comme un baiser d'adieu.
— Je t'écoute.
— Je ne sais pas à quel point tu connais l'histoire libanaise et la guerre civile. Mais ma famille et moi, nous avons été bouleversés à jamais par ce que nous avons traversé. Je devais avoir sept ans, nous étions à la maison. Les phalangistes, un groupe armé, une milice chrétienne faisait des razzias dans le quartier Maronites. Ils avaient déjà massacré les réfugiés palestiniens à Sabrah et Shatila en 1982, et puis Beyrouth est progressivement devenu un enfer, quartier par quartier, chaque communauté se repliait sur elle-même. Ma mère savait qu'ils pillaient et volaient, alors elle avait mis ses bijoux dans le frigo et de l'argent sous l'évier. Mon père avait tout vendu, et préparé notre départ pour le Koweït, où il pouvait travailler comme ingénieur. Mais ils sont venus avant que l'on puisse obtenir les visas. Ils ont cassé la porte, giflé ma mère, mis un coup de crosse sur la tête de mon père quand il a tenté de la défendre. Il est tombé au sol. Ils ont déchiré les matelas, retourné le canapé et la table, fouillé les placards, comme ils n'ont rien trouvé, ils sont devenus plus agressifs. Le chef de bande a tiré ma mère par les cheveux, jurant de tous nous tuer sous ses yeux si elle ne révélait pas la cachette.

Tremblante, elle a supplié de nous épargner et s'est dirigée vers la cuisine. Elle leur a tout donné, les bagues Cartier, les broches Hermès héritées de sa mère, les camées de communions, les médailles de baptêmes, même l'argenterie et le liquide. Mais ce n'était pas assez, alors l'un d'eux m'a pris sous le bras et m'a emmené malgré les hurlements et supplications de ma mère. J'ai de rares souvenirs de cette période, où j'ai été enrôlé comme enfant soldat. J'avais réussi à oublier ma mère, mon père et mes frères et sœurs.

Marc fit une pause. Il me regarda, et m'embrassa encore.

— Ce n'est pas fini, car pendant les deux ans où j'étais avec ces hommes, je pillais et violentais des familles avec eux. Un jour, alors qu'une famille n'avait rien à donner, mon parrain m'a donné son arme et ordonné de tirer. Il m'a dit qu'il fallait que je sois un homme, qu'ils n'étaient rien, mais qu'il fallait que ces gens comprennent, qu'ils arrêtent de se moquer de nous. Je ne sais plus si j'étais drogué ou non, mais rien ne semblait réel jusque-là. J'ai tiré, j'ai tué cette famille. En les voyant tomber sous les balles, le sang qui sortait de leurs têtes, de leurs entrailles, je compris que c'était bien réel. J'ai pleuré. Mon parrain sourit, il avait réussi de faire de moi un monstre comme eux. Peu de temps après, ils m'ont déposé devant chez moi et j'ai retrouvé ma famille. Ma mère avait nos papiers depuis un an, mais avait refusé de partir sans moi. Ils vécurent sous les bombardements et les balles qui sifflent, pour m'attendre. Nous sommes partis le lendemain pour le Koweït et ensuite en France. Marc fixa la Seine, sa main dans la mienne, sans un mot.

J'ai mis sa main contre mon cœur et lui ai donné un bisou sur sa tempe gauche. Il ferma les yeux, comme soulagé. Je ne dis rien, je restais silencieuse, oui cette révélation avait changé quelque chose, mais entre nous, en moi. Marc était fort, il avait affronté les démons et pouvait en parler. Cette fois mon tour était venu, je ne fuirais pas, j'allais ouvrir cette porte intérieure et découvrir la vérité. Ma vérité.

Chapitre 39

La mort en face

Avec Marc, je ne savais pas si j'avais un avenir, mais nous avions beaucoup en commun. Son histoire, son regard étaient familiers pour une raison. Mes papillons, ma vie amoureuse, mes flirts, ce qui m'attirait, ce sont les regards profonds de ceux qui ont connu le pire, la mort, la perte d'un proche, la maladie, la folie humaine et qui sont toujours là malgré tout. Sans jamais se plaindre, qui sourient, qui rient fort, qui mangent goulûment, qui vivent à fond, quitte à se mettre en danger. Ce sont eux qui venaient à moi, qui se confiaient, car sans m'en rendre compte, je porte aussi ce regard, cette défiance face à l'absurdité de la vie. J'oscillais entre l'envie de vivre fort, le regret d'exister et la culpabilité d'avoir survécu, sans savoir à quoi. Avec tous mes amis et mes amants, j'avais ri, j'avais pleuré, j'avais dansé cette danse de la vie où j'écoutais, observais, passive, sans jamais deviner qu'ils pouvaient me ressembler, en miroir.
J'ai pensé que je tenais cela de ma mère qui était bipolaire à tendance schizophrène, mais non cela remontait à plus loin. Je cherchais toujours Andrée dans les rues, car j'aurais voulu l'aider, je pouvais être elle plus tard. Âgée, seule, et désenchantée. Je ne l'ai jamais retrouvée d'ailleurs. Était-elle le fruit de mon imagination ? La cristallisation de mes pires craintes ? Parfois, j'errais dans les alentours du parc des Buttes Chaumont et je me demandais si le bitume l'avait avalée. J'avais une vie de nantie, je passais mon temps à refaire le monde autour d'un verre ou d'un bon repas avec des amis, dans les endroits les plus chics de la capitale. Paris était une fête, mais quand les moments fugaces de légèreté s'envolaient, je voulais comprendre ce qui me pesait sur les épaules. Savoir pourquoi la destruction de Palmyre en Syrie ou de Nemrod par l'État islamique m'avait chamboulée, pourquoi les attentats m'avaient tordu les boyaux à vouloir en crever, à détester l'humanité, moi la petite Parisienne, qui traînait dans les musées.

Je savais très bien pourquoi je ne voulais pas d'enfant; la peur de ne pas pouvoir le protéger dans ce monde brutal. Il fallait que je sauve ma peau déjà, alors le reste, fonder une famille, cela était inconcevable. La famille, voilà les cendres, cette poussière qui traîne sur les miens, qui veulent taire, oublier, cacher. Mais pas de chance, la vérité a des moyens sinueux de refaire surface. Je vivais comme une rescapée, porteuse de douleur indicible, lancinante qui resurgit lors d'un choc, de chaque bruit d'explosion, de sentiment de violence.

C'était un dimanche matin, 7 h, je savais que Mamie était débout, je risquais de la troubler avec mes questions, mais il était temps de libérer les démons, de m'en sortir, d'être heureuse ou du moins de m'autoriser à l'être. Je composais le numéro de la maison familiale, où j'avais joué, dansé, ri, où j'avais regardé ma grand-mère cuisiner et mon grand-père lire le journal. Je n'avais pas mis les pieds en Algérie depuis dix ans et l'idée d'y retourner malgré tout l'amour que je leur porte me rendait malade. Alors il fallait poser les questions, savoir.

Mamie me répondit d'une voix enjouée, elle était contente.

— Ma petite fille !

— Ma Mamie adorée. Je voulais entendre ta voix.

— Que Dieu te garde ma fille, tu me manques, quand reviendras-tu nous voir ?

— Je ne sais pas Mamie, j'ai quelque chose à te demander d'abord.

— Oui ma fille.

— Je ne sais pas exactement, mais ce dont je suis certaine c'est que je dois te demander : qu'est-ce qu'il s'est passé? Qu'est-ce que tu gardes pour toi depuis si longtemps ? Ça me ronge, je le sens même si tu ne dis rien, et d'une manière inexplicable, ça a affecté ma vie, mes choix, ma santé. Je me sens comme rescapée.

Silence. J'insistais,

— Dis-moi, tu peux tout me dire, c'est ça que tu ne digères pas et moi non plus d'ailleurs, ça nous rend tous malades, maman y compris. Libère-moi, je t'en supplie.

— Pourquoi tu veux remuer le passé? Li Fet Met! Le passé est mort.
— Il n'est pas mort, il rampe et rôde, le passé ne peut pas être mort, si on ne sait pas de quoi il s'agit.
Silence.
Je savais qu'elle n'allait pas se livrer si facilement. Puis elle prit une grande inspiration,
— Je ne sais pas quoi te dire ma fille, j'ai tout fait pour vous épargner ça, j'ai tout gardé, car ton grand-père m'a fait promettre de ne jamais raconter. Tu sais, on fait de drôles de choses pendant la guerre, on ne sait jamais les personnes que l'on sera face à la mort.
— De quoi tu parles? Explique-moi. Une
autre grande inspiration.
— Puis mince, je ne peux plus garder ça pour moi. Sache qu'on vous aime tous, ce qu'il voulait faire, c'était un acte d'amour. Un ultime acte d'amour.
— Je ne comprends rien là. Qu'est-ce qu'il a fait?
Elle sanglota. Mon cœur s'est brisé en deux, jamais je n'aurais voulu rendre ma Mamie triste, j'allais la rendre malade.
Elle prit une grande inspiration. Puis elle continua,
— C'était la nuit du 10 octobre 1994, Le GIA massacrait des villages entiers, ils égorgeaient femmes, vieillards et enfants, ils tuaient aussi les animaux et ne laissaient rien derrière eux. Oran avait été épargné, mais nous nous sentions de moins en moins protégés par les militaires, ils étaient démunis face à ce terrorisme aveugle et sans visage. Les assassins pouvaient être n'importe qui, des jeunes, des étudiants, ou le voisin. Les islamistes avaient tué Cheb Hasni, un jeune chanteur de raï oranais, une semaine plus tôt. Ils avaient touché là où ça faisait mal, auteurs, journalistes, chanteurs, artistes; tous ceux qui pouvaient aspirer à plus de liberté. Plus ils terrorisaient la population, plus les gens se ralliaient à leur cause par peur d'y passer, les filles des voisins se sont voilées, les hommes se laissaient pousser la barbe, ils allaient tous à la mosquée, afin d'éviter d'être considérés comme des impies. Rien n'y faisait, pour les islamistes, nous étions de mauvais musulmans. Il fallait suivre l'islam rigoriste, voiler les filles dès l'âge de six ans, ne pas écouter de musique ou danser, car c'était la tentation du diable.

Un jour, le voisin, un vrai salopard islamiste, est venu taper à la porte nous annoncer que notre tour était bientôt venu, nous les sympathisants des Français, la famille aux filles sans voile, la famille qui tenait le commerce des Français, nous dont le fils avait fui en Autriche pour ne pas faire le Jihad. Il a ri et juré devant Dieu qu'il mettrait nos têtes sur un pieu avant le lever du soleil. Ton grand-père et moi avons longtemps débattu. Fuir ou rester et se battre ? Hors de question, autant mourir chez nous plutôt que dans la rue. Le voisin fit le tour du quartier afin d'annoncer l'arrivée du GIA, ils étaient dans les hauteurs, aux alentours du Fort de Santa Cruz qui surplombe Oran, et qu'ils attendaient juste un ordre pour sévir. L'armée ne viendrait pas nous sauver. Ce fils de chien riait, fier de semer la terreur.

Ton grand-père est allé dans le garage comme si le diable avait pris possession de son corps, il cherchait quelque chose, je l'ai suivi terrifiée. Il cherchait son arme, celle qu'il avait eue à l'armée. Mon sang se glaça quand il l'a enfin trouvée. Je lui demandai s'il comptait se battre, contre tous ces jeunes surarmés. Il me répondit calmement avec un air résolu. « Non, c'est pour nous ». Mon âme a quitté mon corps à ce moment-là. Tes oncles et tes tantes regardaient un film avant de dormir dans la pièce principale. « Pour nous ? Qu'est-ce que tu veux dire ? » Mamie pleurait encore.

Je réfléchissais, l'année 1994, j'avais douze ans, et ma mère avait absolument refusé de me laisser l'été en Algérie. Maman m'avait envoyée en colonie à la Turballe. J'étais trop déçue de ne pas pouvoir rejoindre mes tantes, oncles et cousins à Oran.

Puis Mamie reprit d'une voix qui traversait les sanglots. « Pour nous », il a répété. « Je préfère encore tuer chacun de mes enfants de mes mains, d'une balle rapide dans la tête plutôt que de voir ma famille se faire égorger. »

Je me mis à pleurer aussi. Je ne pouvais pas le croire, mais s'il s'agissait bien de mon grand-père, celui qui nous achetait des barbes à papa et nous chantait des comptines pour nous endormir.

Mamie reprit dans une grande inspiration, « je savais qu'il avait déjà vécu les horreurs lors de la guerre d'Indépendance, et j'étais là quand il s'était interposé entre un militaire français et son propre père pour le sauver, c'est comme ça qu'il a reçu une balle dans le mollet.

Ton arrière-grand-père était sauvé, mais moi j'ai fait une fausse couche à cinq mois de grossesse, à cause du choc. Cette fois, il n'allait pas attendre, il allait prendre les devants, quitte à aller en enfer pour ça. Son vieux flingue était rouillé, alors il a commencé à l'huiler. Puis il m'a demandé de chercher les balles dans le garage. Je devenais folle, que faire? Chercher les balles pour tuer mes enfants et pour ma propre mort ou attendre ses chiens du GIA qui nous feraient pire? Mourir ne nous faisait pas peur, mais voir nos enfants torturés, mutilés, ça jamais! ».

Je pleurais aussi à chaudes larmes, je ne savais pas comment la rassurer ou la calmer. « — Mais vous n'êtes pas morts, alors qu'est-ce qu'il s'est passé?

- Je me suis battue comme une lionne pour mes enfants. Papy était déterminé et il fallait le raisonner. Je le suppliais d'attendre encore une heure, puis encore une heure, de voir si les terroristes allaient vraiment venir, qu'on les entendrait arriver, que les voisins hurleraient en les voyant et que nous prendrions une décision à ce moment-là. Je finis par enfin obtenir un tour de garde, après avoir convaincu Papy d'aller se reposer, je lui promis de tuer les enfants à la moindre alerte, que nous allions mourir la tête haute. Tu parles, il a refusé d'aller se reposer et il est allé siphonner l'essence de la voiture pour mettre le feu à la maison le moment venu. Ta tante Yasmine s'est réveillée, et m'a demandé ce qu'il passait. Je lui ai dit. Du haut de ses dix-sept ans, elle n'a pas tremblé d'un cil, elle comprenait. Elle s'est mise à ramasser de grosses pierres dans le jardin afin de bloquer la porte du portail et ainsi retarder le moment où les djihadistes entreraient dans la maison.

J'ai tant prié cette nuit-là, j'étais tel Abraham quand Dieu lui a demandé de tuer son fils, je devais à mon tour prouver ma foi. Je m'étais dit au premier bruit de pas près du portail, j'irai courir pour tuer mes enfants. Je me sentais piégée, mais si c'est ce que Dieu voulait de nous, nous l'aurions fait, tuer notre chair, notre sang. J'entendais la rumeur montée chez les voisins aussi, lumière allumée à attendre la mort. Quand le jour s'est enfin levé, j'étais un peu soulagée, les oiseaux ont chanté comme chaque matin, le coq aussi, les chats sont sortis en quête de nourriture.

Puis lorsque j'ai vu les papillons butiner les fleurs, devant la nature qui reprenait le cours des choses, alors je me suis dit que le cauchemar était terminé, nous n'allions pas mourir. J'ai dit à ton grand-père que c'était un bon présage. Il se calma, prit le revolver et le garda sous son bureau au cas où. J'ai ensuite préparé le petit déjeuner et Yasmine a réveillé les autres comme si de rien n'était. Le voisin, l'oiseau de mauvais augure, avait pris la tangente. Tout le quartier le soupçonne d'avoir égorgé Ahmed, le voisin en face de chez lui, son ennemi juré, qu'il détestait pour une vieille histoire de figuier coupé quelques années plus tôt. Pour ne pas se faire tuer par le quartier, il prit le maquis et revint comme une fleur après la guerre civile. Le président Bouteflika a annoncé la concorde nationale, sans jugement des terroristes, pour avoir la paix. Ce voisin est revenu, comme une fleur, en prêchant le pardon. Je l'aurais tué de mes mains ce fils de chien. Mais mieux vaut pardonner, le sang et la vengeance n'apportent rien, si ce n'est plus de sang et de violence ».

Silence de ma part, j'étais débordée d'émotions.

Voilà ma fille, tu sais, je ne voulais pas que tu vives avec cette image de tes grands-parents, nous souhaitions juste éviter le pire. On vous aime, plus que tout.

— Je sais bien Mamie.
— Maintenant, n'en parlons plus jamais, tu veux bien ?
— Oui ».

Maintenant je l'avais la vérité, enfin une partie, il me restait encore beaucoup à découvrir dans les silences de ma famille. Est-ce que j'étais libérée? D'une certaine manière oui, la vérité soulage, cela permet de mieux se comprendre, mais d'autre part, c'est une peine, un fardeau que l'on porte. Je ne savais pas comment mes grands-parents pouvaient décider de pardonner, mais j'aurais voulu leur enlever leur peine. Je comprenais mieux mon héritage, l'Algérie est la terre de mes ancêtres, il me fallait la comprendre pour mieux savoir qui je suis. Dorénavant, il fallait rêver, aimer, continuer de croire que la vie est belle, même avec nos cicatrices, nos drames, et nos larmes.

La peur, les morts et les traumatismes s'arrêtaient là avec moi, finies les cendres. Je serai la génération de l'amour, de la force et des papillons.

Épilogue

Nous étions en avril 2019, j'avais délaissé les églises et enfoui les révélations récentes de ma famille. Mais je sais que je n'en avais pas fini le cheminement, j'avais encore beaucoup de questions, même si j'étais sur le chemin de la guérison de mon âme. Je revenais d'un voyage en Sicile, après ma rupture avec Marc, où j'avais découvert tout un héritage et un patrimoine arabe et mauresque. Au Moyen-Âge, on y parlait aussi bien grec qu'arabe. Finalement, ma mère avait raison, il ne fallait pas aller bien loin pour retrouver nos origines, mais je gardais Beyrouth, Pétra et d'autres destinations en tête, quand je serai prête. Mon désarroi, l'ignorance de l'Histoire et la quête de mes origines aurait pu nourrir ma colère et si j'avais été un jeune homme entre de mauvaises mains, j'aurais pu être mal guidée et mal finir.

Je consultais les nouvelles sur Twitter quand je découvrais que la Cathédrale Notre-Dame brûlait! La première pensée qui m'a traversé l'esprit est que Dieu nous avait abandonnés finalement, il n'avait pas écouté mes prières. Je pleurais de nouveau, pour ma ville, pour Paris et l'art inestimable qui partait en cendres. Encore les cendres, impossible de me concentrer sur mon travail, ma dernière mission était d'aider un collecteur suisse à restituer des œuvres de sa collection privée aux musées de divers pays : Cambodge, Syrie, et Bénin.

Mon téléphone se mit à sonner, le cadran affichait un numéro inconnu. C'était une voix lointaine, au milieu d'un raffut de sirènes du Samu.

« - Madame Halima Saadoun ?

— Oui ?

— Ici l'hôpital Salpêtrière, votre grand-mère est avec nous, elle s'est perdue visiblement, elle errait dans les rues et elle est tombée. Rien de bien grave.

— Je ne comprends pas, ma grand-mère vit à des milliers de kilomètres…

— Écoutez madame, nous avons trouvé votre carte et la dame nous dit que vous êtes sa petite-fille. Elle est désorientée et a un discours incohérent…

Et elle parle de Coco Chanel... Souvent avec les personnes atteintes d'Alzheimer ou de démence, on voit ce type de comportement. Elle vient de voir un neurologue, vous pouvez venir la chercher d'ici une heure ?
— Oui bien sûr. »
L'Univers nous avait réunis. J'avais retrouvé Andrée !

Table des matières

Chapitre 1	7
Chapitre 2	10
Chapitre 3	15
Chapitre 4	17
Chapitre 5	21
Chapitre 6	23
Chapitre 7	26
Chapitre 8	29
Chapitre 9	33
Chapitre 10	35
Chapitre 11	40
Chapitre 12	45
Chapitre 13	49
Chapitre 14	55
Chapitre 15	60
Chapitre 16	68
Chapitre 17	74
Chapitre 18	77
Chapitre 19	83
Chapitre 20	88
Chapitre 21	93
Chapitre 22	97
Chapitre 23	101
Chapitre 24	106

Chapitre 25	111
Chapitre 26	116
Chapitre 27	118
Chapitre 28	120
Chapitre 29	123
Chapitre 30	129
Chapitre 31	132
Chapitre 32	136
Chapitre 33	139
Chapitre 34	143
Chapitre 35	145
Chapitre 36	149
Chapitre 37	153
Chapitre 38	158
Chapitre 39	162
Épilogue	169